A RAINHA GINGA

Nos dias antigos, acrescentou, os africanos olhavam para o mar e o que viam era o fim. O mar era uma parede, não uma estrada.

Agora, os africanos olham para o mar e veem um trilho aberto aos portugueses, mas interdito para eles. No futuro, assegurou-me, aquele será um mar africano.

O caminho a partir do qual os africanos inventarão o futuro.

JOSÉ EDUARDO AGUALUSA
A RAINHA GINGA

E de como os africanos inventaram o mundo

Copyright © José Eduardo Agualusa, 2014
Publicado em acordo com Agência Literária Mertin, Nicole Witt – Literarische Agentur Mertin Inh. Nicole Witt e.K. Frankfurt am Main, Alemanha.
Copyright © Editora Planeta do Brasil, 2024
Título original: *A Rainha Ginga*
Todos os direitos reservados.

Preparação: Mariana Silvestre
Revisão: Caroline Silva e Carmen T. S. Costa
Projeto gráfico e diagramação: Jussara Fino
Capa: adaptação do projeto gráfico original de Compañía
Fotografia de capa: José Eduardo Agualusa

Dados Internacionais de Catalogação na Publicação (CIP)
Angélica Ilacqua CRB-8/7057

Agualusa, José Eduardo
 A rainha Ginga : (E de como os africanos inventaram o mundo) / José Eduardo Agualusa. — São Paulo : Planeta do Brasil, 2023.
 208 p.

 ISBN 978-85-422-2514-3

 1. Ficção angolana I. Título

23-6542   CDD A869.3

Índice para catálogo sistemático:
1. Ficção angolana

Ao escolher este livro, você está apoiando o manejo responsável das florestas do mundo

2024
Todos os direitos desta edição reservados à
EDITORA PLANETA DO BRASIL LTDA.
Rua Bela Cintra, 986 – 4º andar
Consolação – 01415-002 – São Paulo-SP
www.planetadelivros.com.br
faleconosco@editoraplaneta.com.br

Para Harrie Lemmens, que me convenceu a escrever este romance.

Para Marília Gabriela, Lara e todas as mulheres africanas, que, a cada dia, vão inventando o mundo.

Quando as águas cobriram a Terra e depois nasceram as florestas, sete grandes pássaros, as nossas mães ancestrais, vieram voando desde o imenso além. Três desses pássaros pousaram na árvore do Bem. Três pousaram na árvore do Mal. O sétimo ficou voando de uma árvore para outra.

Lenda ioruba

A luz com que vês os outros é a mesma com que os outros te veem a ti.

Provérbio nyaneka

Sumário

10	CAPÍTULO PRIMEIRO
34	CAPÍTULO SEGUNDO
60	CAPÍTULO TERCEIRO
78	CAPÍTULO QUARTO
92	CAPÍTULO QUINTO
100	CAPÍTULO SEXTO
116	CAPÍTULO SÉTIMO
148	CAPÍTULO OITAVO
160	CAPÍTULO NONO
176	CAPÍTULO DÉCIMO
201	EPÍLOGO
203	ALGUMA BIBLIOGRAFIA E AGRADECIMENTOS

CAPÍTULO PRIMEIRO

Aqui se conta da chegada a Salvador do Congo do narrador desta história, o padre pernambucano Francisco José da Santa Cruz. Aconteceu isto nos idos de 1620. Mais se conta de como este padre veio a ser secretário da Ginga – depois Dona Ana de Sousa, rainha do Dongo e da Matamba –, e de como a acompanhou numa famosa e muito admirável visita a Luanda.

1

A primeira vez que a vi, a Ginga olhava o mar. Vestia ricos panos e estava ornada de belas joias de ouro ao pescoço e de sonoras malungas de prata e de cobre nos braços e calcanhares. Era uma mulher pequena, escorrida de carnes, e, no geral, sem muita existência, não fosse pelo aparato com que trajava e pela larga corte de mucamas e de homens de armas a abraçá-la.

Foi isso no Reino do Sonho, ou Soyo, talvez na mesma praia que lá pelos finais do século XV viu entrar Diogo Cão e os doze frades franciscanos que com ele seguiam, ao encontro do Mani-Soyo – o Senhor do Sonho. A mesma praia em que o Mani-Soyo se lavou com a água do batismo, sendo seguido por muitos outros fidalgos da sua corte. Assim, cumpriu Nosso Senhor Jesus Cristo a sua entrada nesta Etiópia ocidental, desenganando o pai das trevas. Ao menos, na época, eu assim o cria.

Na manhã em que pela primeira vez vi a Ginga, fazia um mar liso e leve, tão cheio de luz que parecia que dentro dele um outro sol se levantava. Dizem os marinheiros que um mar assim está sob o domínio de Galena, uma das nereidas, ou sereias, cujo nome, em grego, tem por significado calmaria luminosa, a calmaria do mar inundado de sol.

Aquela luz, crescendo das águas, permanece na minha lembrança, tão viva quanto as primeiras palavras que troquei com a Ginga.

Indagou-me a Ginga, após as exaustivas frases e gestos de cortesia em que o gentio desta região é pródigo, bem mais do que na caprichosa corte europeia, se eu achava haver no mundo portas capazes de trancar os caminhos do mar. Antes que eu encontrasse resposta a tão esquiva questão, ela própria contestou, dizendo que não, que não lhe parecia possível aferrolhar as praias.

Nos dias antigos, acrescentou, os africanos olhavam para o mar e o que viam era o fim. O mar era uma parede, não uma estrada. Agora, os africanos olham para o mar e veem um trilho aberto aos portugueses, mas interdito para eles. No futuro, assegurou-me, aquele será um mar africano. O caminho a partir do qual os africanos inventarão o mundo.

Tudo isso me disse a Ginga, na língua dela, que na altura me soava não só estranha como impossível, pois era como crer que dois ribeiros pudessem comunicar um com o outro apenas com o natural rumor do seu correr. Um negro, quase meu conterrâneo, de nome Domingos Vaz, lhe servia de língua, ou tandala, que é o título que entre os ambundos leva quem desempenha tal ofício. Era este Domingos Vaz um sujeito de brando trato, muito dado a folguedos de todo o tipo, o que não lhe turvava o entendimento nem prejudicava o ofício. Quando soube ser eu natural de Pernambuco e que, como ele, vivera os primeiros anos num engenho, ainda mais doces se tornaram os seus modos, e logo ali me ofereceu a sua amizade.

A Ginga estranhou a minha aparência, pois não via em mim semelhanças nem com os portugueses vindos do reino, nem com dourados flamengos, ou mafulos, como em Angola são conhecidos, menos ainda com o gentio das diferentes nações do sertão.

— A minha mãe era índia — expliquei-lhe. — Da nação Caeté. Dela herdei a espessa melena negra e muito lisa, que a despeito da avançada idade ainda hoje conservo, embora já não tão escura, além de uma irresistível vocação para a melancolia. Meu pai era mulato, filho de um comerciante da Póvoa do Varzim e de uma negra mina, mulher de muitos encantos e encantamentos, que acompanhou e iluminou toda a minha meninice. Sou a soma, por certo um tanto extravagante, de todos esses sangues inimigos.

A seguir, a Ginga quis saber se eu estava ali com o propósito de a servir como secretário e como conselheiro, conforme lhe havia sido prometido pelo governador português, Luís Mendes de Vasconcelos, ou antes para – com malícia – a converter na fé de Cristo, pois bem via pelas minhas vestes ser eu um padre. Ela pedira um secretário, não um sacerdote. Dizendo isso agitou as malungas, soltou uma gargalhada áspera, que a mim me pareceu que era o mafarrico quem assim se ria, e disse-me que toda a sua fé se achava naqueles adereços, e num cofre, a que os ambundos chamam mosete, onde guardam os ossos dos antepassados. Nessa mesma noite, já no acampamento onde pernoitamos, Domingos Vaz narrou, com preciosa soma de detalhes, algumas das cerimônias e superstições gentílicas a que assistira. Senti, escutando-o, que estava entrando em pleno Inferno e enchi-me de terror. Tantos anos decorridos, olhando sobre os meus débeis ombros para o alvoroço do passado, sei não serem tais práticas mais diabólicas do que tantas outras de que eu mesmo fui testemunha no seio da Igreja Católica. Violências, injustiças, infindáveis iniquidades, que a mim se configuram ainda mais torpes do que as cometidas pelos ímpios, pois se aqueles ignoram Deus, os cristãos erram em nome Dele.

Dias mais tarde, na ilha da Quindonga, no caudaloso rio Quanza, onde, após destruída a cidade de Cabaça, se instalara o rei do Dongo e os seus fidalgos mais poderosos, assisti a um extraordinário prodígio, que foi ter-se o céu carregado de uns pássaros muito negros, muito grandes, nunca antes vistos por ninguém ali, tampouco por mim em Pernambuco ou Salvador. Os pássaros corriam pelo céu como ensandecidos, gritando alto, numa língua que alguns afirmavam aparentada com a dos muxicongos, em todo o caso, língua de gente, no que não me fiei. Todo o dia e toda a noite gritaram os pássaros, não deixando ninguém dormir. Ao amanhecer, desapareceram, abandonando as suas negras penas presas às silvas ao redor da cidade, que por ali as há em grande quantidade, e muito densas e espinhosas. Chamou-me a Ginga, e vi, ao entrar na sua banza, que estava ela acompanhada pelo rei, seu irmão, o belicoso Ngola Mbandi, bem como por uma dezena de conselheiros e poderosa fidalguia. A estas grandes conversações chama o gentio "fazer maca", o que significa trocar palavra, pois cada notável é convidado a produzir no decurso delas a sua opinião.

Ngola, cujo rosto rude e tenaz, de duras esquinas, muito impressionava, tinha os olhos vermelhos, raiados de sangue, talvez da muita diamba (cânhamo) que andara fumando. A rainha, que na altura ainda o não era, não obstante o porte, ostentava sobre os ombros uma capa vermelha de apurada oficina, e aquela capa parecia fazer refulgir seu rosto, como se um incêndio a consumisse. A Ginga discutia em alta voz com o irmão, como se com ele partilhasse a mesma vigorosa condição de macho e de potentado. Já na altura não admitia ser tratada como fêmea. E era ali tão homem que, com efeito, ninguém a tomava por mulher.

Ao ver-me, chamou-me para o seu lado, o que irritou ainda mais o irmão. Novamente, os dois altercaram, e, embora não compreendesse uma palavra, intuí que pelejavam por minha causa. Domingos Vaz, de pé, ao lado da Ginga, aguardou que ambos serenassem, posto o que, a um gesto dela, começou a traduzir.

Ngola Mbandi, derrotado há pouco mais de dois anos, em combate contra as armas portuguesas, pretendia partir para uma nova guerra. No singular entendimento dele, os pássaros negros que víramos nessa noite, e no dia anterior, não representavam outra coisa senão um exército de antepassados, mortos no percurso de outras tantas contendas contra a bandeira portuguesa, exigindo vingança.

Ngola Mbandi recordou a vergonha das tropas de seu pai, o rei Ngola Quiluange, a 25 de agosto de 1585, contra o exército do capitão André Ferreira Pereira. Eu conhecia o episódio. Ngola Quiluange entregara o comando dos seus guerreiros a um valente capitão chamado Ndala Quitunga. As duas massas de homens armados chocaram uma contra a outra junto ao rio, num vale afundado em espesso nevoeiro.

Os portugueses, embora em menor número, contavam com a violenta surpresa dos seus canhões, além de um esquadrão de cavalaria. Por último, lançaram contra os guerreiros de Ndala Quitunga matilhas de cães de guerra, animais que os ambundos nunca haviam visto e que no seu terror tomaram por homens transformados em monstros. As tropas portuguesas degolaram nesse dia muitos milhares de guerreiros ambundos. Como testemunho da façanha, arrancaram os narizes aos cadáveres, levando para Luanda a infame carga.

Ngola Mbandi recordou depois a própria derrota, que atribuiu não só à magia dos portugueses, mas, sobretudo, à dos jagas do soba Culaxingo, ou Cassange, com os quais os primeiros se haviam aliado. Culaxingo comandava uma tropa de guerreiros encantados, que se escondiam da vista, à vista de todos, ou se deixavam atravessar pelas flechas como se fossem feitos de água, sem sofrerem dano algum.

Quando me foi pedida a opinião concordei com a minha senhora no respeitante à temeridade do empreendimento, evitando, contudo, contestar as superstições de Ngola Mbandi, incluindo o presságio dos pássaros gritadores. Chamei a atenção para o poderio militar dos portugueses, insistindo que qualquer desavença seria mais bem corrigida através da palavra que por meio da força, pois na guerra todos saem sempre derrotados, a começar pela inteligência. O rei interrompeu-me, irado, insinuando que eu estaria ali não ao serviço da Ginga, e dele próprio, antes como espião dos portugueses. A irmã tomou então a minha defesa, com grande fervor, argumentando que fora ela quem pedira ao governador português um secretário, alguém ilustrado na ciência de desenhar palavras. Voltando-se para mim disse-me que não temesse mal algum, pois sendo seu servo era também seu convidado. Que falasse, pois, segundo o meu livre pensamento, para isso me fizera vir. Outra vez insisti na importância de assinar com os portugueses um tratado de paz e concórdia. O senhor Dom Ngola Mbandi deveria apresentar as suas justas queixas, sobretudo no que se diz respeito à construção do Presídio de Ambaca em terras que sempre haviam sido suas, bem como quanto à captura de escravos e envio dos mesmos para o Brasil, posto que os comerciantes portugueses andavam tomando a cada ano milhares de cabeças e, com isso, despovoando o reino e subtraindo as famílias. Deveria ainda demandar indenização do governador, caso o mesmo persistisse em manter o presídio em Ambaca. Finalmente, aconselhava-o a solicitar o arrimo de Portugal em conflitos que, no futuro, o opusessem a reinos vizinhos.

Ngola Mbandi sossegou. Ordenou-me que escrevesse uma carta, dirigida ao governador Luís Mendes de Vasconcelos. Solicitava o rei que aquela poderosa autoridade recebesse em Luanda uma embaixada sua, à cabeça da qual iria a irmã mais velha, Ginga, que tinha por conselheira preciosa. Ali mesmo redigi a carta, tarefa que o rei e seus macotas acompanharam com silencioso assombro. Logo a selei com lacre de cera, sendo a mesma entregue a um mensageiro.

Regressei com o coração descompassado à casa que me fora entregue. Nessa noite, um sonho ruim me afligiu. Achava-me sozinho na selva confusa, e um exército de ferozes pássaros negros, cada qual do tamanho de um cavalo, descia do céu para me ofender. Despertei em prantos, às primeiras luzes da manhã, sentindo-me como uma criança perdida na cova do leão.

Domingos Vaz surgiu pouco depois. Vendo-me tão atormentado insistiu em acompanhar-me numa visita através do quilombo e suas cercanias. Enquanto cruzávamos o tumulto daqueles arraiais, foi-me ele contando da sua vida e das suas desditas e venturas. Nascera em Luanda, mas crescera num engenho de açúcar, na ilha de Itamaracá, que na língua tupi tem o significado de pedra que canta. Aos quinze anos o seu senhor o trouxe de novo para Angola, encantado com sua inteligência e boa catadura, para que lhe servisse em casa. Pouco depois já ele comandava a restante criadagem. O dito senhor, um homem pardo, natural de Luanda, de muita fortuna, com engenhos em Pernambuco e palácios na cidade de São Salvador da Bahia e em Lisboa, o vendeu depois à Ginga, como língua. Domingos Vaz aprendera em criança o quimbundo, o tupi e o português e, mais tarde, já em Luanda, o congo, o francês e o holandês, usando todos estes idiomas com admirável acerto e desenvoltura. Em gratificação dos seus serviços, a Ginga lhe concedera algumas léguas de boa terra, servida de abundosa água, e ali erguera ele a sua casa e plantara os seus arimos e lavouras. Em 1618, porém, após a derrota das forças de Ngola Mbandi, os portugueses assaltaram o Reino do Dongo, como quissondes, pilhando, incendiando e recolhendo escravaria. Domingos Vaz perdeu uma trintena de escravos, a casa e tudo o que cultivara.

Pode parecer coisa rara, essa de um escravo possuir também ele homens cativos, mas em Angola, como entre os mouros ou mesmo no Brasil, isso é algo muito comum.

Domingos Vaz conduziu-me à casa onde então morava, num extenso areal voltado para o rio, em cujas margens várias mulheres se ocupavam, pilando milho e salgando peixe. Três dessas mulheres tinha-as ele como esposas, uma das quais ainda muito moça, de olhar meigo e extraordinária formosura, chamada Muxima, palavra que em quimbundo significa coração. Domingos Vaz por certo reparou no meu olhar, preso nos delicados peitos da menina, pois me disse, sorrindo, que a podia tomar e deitar-me com ela, se tal fosse o meu desejo.

Recuei, com horror. Como podia propor-me tal abominação, sendo a moça sua esposa – ainda que apenas segundo os rituais gentílicos – e eu um servo de Deus?

Domingos Vaz voltou a sorrir. Retorquiu, brandamente, ser costume nos sertões de Angola oferecer uma das mulheres, de modo geral a mais nova, aos forasteiros, ou a alguém por quem se nutra particular afeto. Pois que visse o gesto dele como o de um amigo que me queria muito bem. Quanto à batina, sabia ele de muitos padres que se deitavam com mulheres, com elas procriando, e até, em muitos casos, criando e educando essa descendência como se fosse legítima.

— O Deus dos Cristãos está muito longe — acrescentou Domingos Vaz.

Ouvindo-o, estremeci.

2

O grande rio Congo derrama-se no mar – nesse mar a que alguns ainda chamam oceano Etiópico – como uma imensidade noutra imensidade, um vasto turbilhão de sombras e desassossego. A muitas milhas da costa, ainda não se avistando terra, já se dá por África graças ao verde cheiro que as brisas carregam e a surda turvação das águas.

Uma chalupa trouxe-nos do navio à praia. Estávamos a menos de uma milha da costa quando um marinheiro chamou a minha atenção para uma alimária extravagante, grande como um boi, com um focinho de cachorro e barbatanas semelhantes às das focas. Disse-me o marinheiro que no rio Amazonas também se acham muitas destas improváveis criaturas, e que ali lhes dão o nome de peixe-boi ou manati. Mais me disse que as fêmeas amamentam as crias ao peito, como mulheres verídicas, enquanto cantam, e que o seu cantar é tão belo e tão triste que com frequência endoidece quem o andar escutando.

Destes animais, a que alguns também chamam peixe-mulher, se gerou talvez o mito das sereias, com o qual os marinheiros gostam de assombrar o vulgo, sendo de lamentar que muitos autores estimáveis ainda hoje defendam tão grande insensatez. Deus, havendo um Deus, não sopraria vida a contradição tão grosseira, pois me parece tarefa impossível harmonizar a perfeição da mulher, e sua pele tão lisa e perfumada, com a bruteza de um peixe.

À minha frente, enquanto escrevo estas linhas, tenho o relato de Frei João dos Santos, *Etiópia Oriental e Várias Histórias de Coisas Notáveis do Oriente*, no qual este descreve – com muitos equívocos grosseiros – o que julgo ser um manati:

> "A quinze léguas de Sofala estão as ilhas das Boccicas ao longo da costa para a parte sul, no mar das quais há muito peixe-mulher, que os naturais das mesmas ilhas pescam e tomam com linhas grossas e grandes anzóis com cadeias de ferro feitas somente para isso, e da sua carne fazem tassalhos, curados ao fumo, que parecem tassalhos de porco. Este peixe tem muita semelhança com os homens e mulheres da barriga até ao pescoço, onde têm todas as feições e partes que têm as mulheres e homens. A fêmea cria os seus filhos a seus peitos, que têm propriamente como uma mulher. Da barriga para baixo, têm rabo muito grosso e comprido, com barbatanas, como cação."

O dito manati aproximou-se da chalupa, mostrando intensa curiosidade. Logo um dos remadores, natural da região, sugeriu que lhe déssemos caça, pois sua carne tem fama de saborosa. Estes manatis são mansos, incapazes de se defenderem. A curiosidade os perde. Apiedei-me dele, rogando aos marinheiros para que o deixassem ir. Não me escutaram. Foram buscar arpões e o furaram e sangraram, puxando-o depois para bordo. A tudo assisti, com o coração cheio de mágoa.

Saltei da chalupa, pisando pela primeira vez o chão da África, no caso o do Reino do Congo, com a batina manchada do sangue ingênuo do animal, e não achei nisso um bom presságio. O futuro deu-me razão.

Eu completara há pouco vinte e um anos. Era moço ainda imberbe, sossegado e curioso como aquele manati a cuja tortura e assassinato assistira. Aos nove anos, o meu pai arrancou-me aos braços carinhosos de minha avó preta, levando-me para estudar no Colégio Real de

Olinda. Aos quinze, ingressei como noviço na Companhia de Jesus. Abandonei Pernambuco num navio negreiro, o *Boa Esperança*, com destino a São Salvador, a africana, antes chamada Ambasse, cabeça do Reino do Congo, para me juntar aos irmãos jesuítas numa escola que há poucos anos estes haviam fundado. Conhecia do mundo apenas o que lera nos livros e, de súbito, achava-me ali, naquela África remota, cercado pela cobiça e pela infinita crueldade dos homens.

Cheguei num momento de insídia e inquietação, estava o reino dividido, umas facções contra os portugueses e outras a favor; umas contra a Igreja e contra os padres, que acusavam de destruir as tradições indígenas, o que era certo, e outras defendendo a rápida cristianização de todo o reino. Também os irmãos jesuítas se não entendiam. Logo descobri que para a maior parte destes religiosos apenas interessava o número de peças que podiam resgatar e enviar para o Brasil, encontrando-se ali mais na condição de comerciantes da pobre humanidade do que na de pastores de almas. Poucos agiam com verdadeira misericórdia e caridade para com aquele infeliz gentio que, afinal, nos cabia instruir e converter.

Neste ambiente, oito ou nove meses após a minha chegada, tomei conhecimento de que o governador, Luís Mendes de Vasconcelos, procurava um homem instruído em letras para servir como secretário à Senhora Dona Ginga, irmã do rei do Dongo. Por um feliz acaso, estava ela de visita ao Reino do Sonho, num grande segredo, em conversações com fidalgos daquele reino e do vizinho Congo. Fui falar com o bispo, que me escutou atentamente e depressa me deu o seu acordo, talvez porque a minha presença em São Salvador do Congo não fosse do agrado de muitos, tantas perguntas eu fazia e com tamanha candura.

Ao ir ter com a Ginga estava na verdade fugindo da Igreja – mas nessa altura ainda o não sabia, ou sabia, mas não ousava enfrentar as minhas mais íntimas dúvidas.

Outra coisa não fiz o resto da minha vida, que vai já tão longa e desordenada, senão fugir da Igreja.

3

— Vamos a Luanda — disse-me Domingos Vaz. Era grande a sua alegria quando me disse isto. Lembro-me de que chovia. A água descia sobre a ilha como se um outro rio estivesse caindo do céu, ainda mais ancho do que aquele que nos cercava. Volta e meia um bruto clarão rompia as nuvens, parecendo que a água atiçava as chamas, ao invés de apagá-las, ao contrário do que nos ensina a comum experiência.

— Em Luanda — continuou Domingos Vaz —, verás o que nunca viste, igrejas e fortificações, casas nobres e palácios, e, dentro deles, rendilhados móveis em madeiras preciosas, trazidos de Goa, alfaias de prata e ouro, leitos de ébano marchetados de marfim e de tartaruga e cobertos com lençóis flamengos, entremeados e guarnecidos de finíssimas rendas de Flandres.

— E as mulheres?

— Mulheres de pele cor de pérola e de cabelos lisos como os teus — disse, fazendo menção, no que o não deixei, de segurar os meus.

— E livros? — perguntei. — Viste os livros?

Anuiu, um tanto surpreendido com a minha pergunta. Sim, vira livros, livros religiosos e cartas de viajantes, e até alguns romances de cavalaria, como esse famoso *Amadis de Gaula*, ou o cômico *D. Quixote de La Mancha*, o qual tanta pilhéria fazia dos que o antecederam.

Um amigo do seu primeiro senhor possuía tais livros, tendo o costume de os ler para os convidados, durante os longos saraus luandenses. Ele, Domingos Vaz, muitas vezes assistira aos referidos saraus enquanto orientava a criadagem.

Quis saber o nome desse homem ilustre, e ilustrado, e se o poderia visitar em Luanda. Chamava-se Bernardo de Menezes, informou-me Domingos Vaz, porém falecera havia alguns anos, vítima de febres, deixando a um filho varão a biblioteca e restante fortuna.

Nesse mesmo dia, a meio da tarde, veio ter comigo um oficial da corte da Ginga, de seu nome Cacusso, prevenindo-me, por gestos, pois na época eu ainda pouco compreendia da língua ambunda, que quando o céu limpasse encetaríamos a marcha para Luanda. A chuva parecia querer sufocar o sol. A água flutuava, com os seus peixes atordoados e o musgo e as algas, por entre as silvas e restante arvoredo, e invadia tudo, inclusive os sonhos.

O céu não serenou nesse dia nem no seguinte. Levou um mês, ou mais. Por fim, secou, mas não o chão. Ouvi falar de homens engolidos pela lama, os quais nunca mais foram vistos.

Tivemos de aguardar mais duas semanas. Cruzamos o rio em compridas canoas feitas de bimba. Formou-se, na margem direita, uma longa quibuca, nome que nos sertões de Angola se dá às caravanas, quer mercantis, levando escravos, borracha ou marfim, quer como a nossa, transportando sobretudo fidalgos e outros notáveis. À frente seguiam caçadores, agitando guizos e cantando e batendo em tambores, para afugentar as feras e alertar o gentio. No meio ia a Ginga, numa rica maxila, ou palanquim, com dossel de sedas, bordadas a ouro, e assento forrado de púrpura que até a Salomão faria inveja. Ia ela, pois, carregada por quatro colossais escravos, e seguida por suas mucamas, as quais agitavam leques e a aspergiam com água perfumada. Eu e Domingos Vaz seguíamos atrás, também nós em confortáveis maxilas, com muita escravaria à retaguarda, acarretando aos ombros comidas e água e utensílios diversos. Umas três dezenas de batucadores, caçadores e homens armados de mosquetes fechavam a fila, toda aquela gente marchando com muito boa disposição, que é uma alegria para o espírito ver como cantam e dançam os africanos.

Numa das noites em que acampamos, perguntou-me Domingos Vaz se eu acreditava no Diabo. Mandamos acender umas palhas, e sobre aquele fogo o jovem Cacusso assava uns peixes com nome idêntico ao seu – ou seria ele que o teria idêntico ao dos peixes?

Os cacussos são muito apreciados pelos gentios, que os pescam nos rios, e os salgam e secam, e assim os conservam por muito tempo sem que percam o sabor. Comíamos pois os ditos cacussos, com farinha de mandioca, enquanto víamos dançarem as chamas. O fogo lembrou a Domingos Vaz o Inferno e, por isso, me perguntou:

— Padre, o Diabo existe em todo o mundo?

A pergunta apanhou-me de surpresa. Respondi-lhe que sim, por certo, a existência e universalidade do Diabo é doutrina da Igreja, e os teólogos concordam haver verdade nisso. O Diabo é o inimigo, e apresenta-se de muitas formas, algumas vezes colérico e outras com modos suaves, doce como um cordeiro.

Enquanto eu discursava, ia Domingos Vaz traduzindo as minhas palavras, para completo entendimento do jovem Cacusso e de dois outros moços bem-apessoados que o acompanhavam. Estes olhavam-me com grandes olhos arregalados de espanto.

— Estão pasmados — explicou Domingos Vaz —, porque nos sertões de África não há tal malefício. Antes da chegada de Diogo Cão não existia em África a figura do demo. Os portugueses trouxeram o cão nas caravelas. Melhor seria que o levassem de volta.

Diante da minha perturbação, explicou-se: os gentios cultuam os antepassados; acreditam, à maneira dos antigos povos pagãos, que os mortos podem manifestar-se aos vivos sob a forma de animais, ou de plantas, ou até de impulsos da Natureza, como o vento soprando entre os canaviais, a chuva caindo, um relâmpago abrindo o céu.

Destacam-se, entre os gentios, homens que se reputam como magos, a que se chamam quimbandas e pelos quais se mostra sentida veneração. Os quimbandas afirmam-se capazes de escutar e decifrar as vozes dos espíritos. Assim, o soba Ngola Mbandi, um quimbanda afamado, pois é frequente os reis, que tudo podem, serem também magos, viu revoarem nos céus os seus avós e escutou as suas queixas, enquanto eu apenas vi uma chusma de grandes pássaros negros enervando o azul vibrante.

Acreditam nisto. Acreditam ainda em certas divindades que se ocultam sob as águas dos rios e dos lagos, às quais chamam quiandas, e que alguma semelhança me parecem ter com as fabulosas sereias de que falei atrás. Não temem, contudo, nenhum ente que encarne o Mal.

— Por isso afirmei — disse Domingos Vaz, concluindo a sua pequena heresia — que o Diabo nunca terá caminhado por estes sertões.

— Melhor armadilha não existe — contestei, já com certo enfado — do que fazer-se o Diabo de invisível ou inexistente. Se o inimigo se aproxima com clamor, fácil se torna combatê-lo. O inimigo perigoso é o que se acerca em silêncio, na cegueira da noite, sem que possamos dar por ele. Existem nas florestas do Brasil umas diminutas rãs douradas, belas como joias, cuja pele produz violentíssima peçonha. Os índios, ilustrados na ciência da selva, raspam as suas setas em tal peçonha, e com isso as tornam duplamente mortais. Uma onça, ou qualquer outro animal que, inocente, lamba as folhas por onde passou umas destas rãs, logo morre. Os pobres animais não viram a rã. Talvez não saibam sequer que a rã existe. Contudo, mata-os a peçonha dela. Assim como as ditas rãs se manifestam pela peçonha, assim o Diabo se dá a ver aos homens através do Mal.

O meu sermão não pareceu convencê-los. Cacusso quis saber se eu tinha comigo um pouco desse veneno das rãs brasileiras. Também os outros dois mostraram mais curiosidade acerca da peçonha do que do Diabo.

Eu, pelo contrário, fiquei pensando no Diabo durante o resto da jornada.

4

Luanda não me impressionou tanto quanto esperava, talvez porque contagiado pelo entusiasmo de Domingos Vaz eu esperasse demais. Esperar demais é a raiz de toda a desilusão. Aqueles que pouco esperam, esses são os mais felizes.

O casario branco espalha-se pelas praias, galga os morros. Do lado de lá alongava-se uma estreita língua de areia, com cerca de duas léguas de comprido, brilhando ao sol. É uma vista harmoniosa, que apazigua e eleva o espírito.

A grande massa dos habitantes da cidade são negros, escravos ou serventes, que nas casas os há aos magotes, e ocupam as ruas todas, comerciando, transportando tralhas, ou, o mais das vezes, dormindo e conversando. Há também um grande número de quitandeiras, mulheres trajando belos panos coloridos, que se ocupam na venda de peixe seco, farinha de mandioca, feijão, milho e mezinhas para todo o tipo de maleitas, incluindo as do espírito. Vi ainda numerosos ciganos. Famílias inteiras, degredadas do reino, viviam também em Luanda, comerciando, intrujando os pobres de espírito e operando os seus prodígios enganadores. Os brancos que ali habitam, portugueses do reino e do Brasil, e um ou outro flamengo, francês ou alemão, são sujeitos de feições caídas, descoloridas e amargas, envenenados que estão pelas febres, pela cobiça e pela vil intriga.

Luanda tinha então novo governador, João Correia de Sousa, mais jovem, e sobretudo mais jovem de espírito do que o seu antecessor, Luís Mendes de Vasconcelos.

Fomos recebidos às portas da cidade, na Maianga, por uma estrondosa salva de tiros de falconetes, disparados da fortaleza, ao mesmo tempo que víamos descer ao nosso encontro uma coluna de cavaleiros ricamente engalanados. Conduziram-nos estes cavaleiros ao Paço, onde nos aguardavam o bispo, muita gente nobre, altos magistrados, funcionários e ricos comerciantes, mas não o governador, que assim preferiu resguardar-se para melhor realçar o seu poder. A Ginga e as suas fidalgas e mucamas foram depois alojadas num palacete, junto à praia, propriedade do senhor Rodrigo de Araújo, um dos homens mais poderosos da cidade. Eu fiquei num convento dos irmãos franciscanos, os quais me receberam com carinho e muitas perguntas.

Durante sete dias a Ginga passeou pela cidade. À sua volta juntava-se sempre uma turba de curiosos, o que no princípio a divertia, mas que acabou por agastá-la.

Mais indisposta ficou após um infeliz desentendimento. O governador teve a ideia, a seu ver generosa, de mandar comprar esplêndidos lotes de veludos e sedas e musselinas, entregando-os ao melhor alfaiate de Luanda para que deles cortasse anáguas, saias e corpetes com que vestir a embaixadora do rei do Dongo. O alfaiate e os seus escravos trabalharam noite e dia, sem descanso, a semana inteira, de forma a cumprir tão importante encomenda. Quando, na data aprazada, lhe foram entregar os trajes, a Ginga teve um ataque de fúria. Já antes eu a vira entregar-se a demonstrações de ira, mas nunca com tal ímpeto. Rasgou com as mãos e com os dentes os finos tecidos, enquanto gritava que dissessem ao governador não ter ela falta do que vestir. "Dizei-lhe", insistia, "que irei trajada segundo as minhas próprias leis, inteligência e entendimento."

Assim, nesse mesmo dia, por volta das seis da tarde, surgiu no Palácio do Governador vestida, como era seu hábito, com uma bela capa escarlate sobre os ombros magros e um finíssimo pano de musselina, com flores pintadas, elegantemente preso à cintura por uma cinta de camurça, cravejada esta de diamantes e outras pedras raras. O governador recebeu-a sentado num cadeirão alto, quase um trono, tendo ao seu lado as autoridades militares. Para a Ginga reservara uma almofada, debruada a ouro, sobre uma sedosa alcatifa. Não o fizera por malícia ou má-fé, antes para agradar à embaixadora, pois os seus conselheiros lhe haviam assegurado que os potentados gentios não apreciam cadeiras, preferindo sentar-se no chão raso. A Ginga não o entendeu assim. Deu ordens a uma das suas escravas, uma jovem mulher de graciosa figura, chamada Henda, para que se ajoelhasse na alcatifa e, para grande assombro de todos os presentes, sentou-se sobre o dorso da infeliz.

Aquele extraordinário gesto marcou o tom do encontro, ou da maca, no dizer dos ambundos. Ainda que o governador João Correia de Sousa falasse a partir de cima, era como se o fizesse a partir de baixo, tal a soberba e a clareza de ideias da Ginga. Quando o governador lhe apresentou as condições para um tratado de paz, entre elas que o rei Ngola Mbandi deveria reconhecer-se vassalo do soberano português, pagando o devido tributo anual, logo a Ginga o contestou, lembrando que semelhante encargo só poderia impor-se a quem tivesse sido conquistado pelas armas, o que não era o caso. O rei do Dongo vinha, através dela, e de coração puro, oferecer a sua amizade ao rei dos portugueses e dos espanhóis. Contudo, se o governador preferia a guerra, soubesse que o rei, seu irmão, estava preparado para ela e, pois que combatia pela sua liberdade, e a dos seus filhos, tendo atrás dele, sustentando-o, o sopro poderoso de todos os ancestrais, mais ferozmente combateria.

Ouvindo-a discursar com tanto brilho e tanta justiça, várias vezes me achei em pensamento ao lado dela e do rei Ngola Mbandi.

Concordou o governador João Correia de Sousa em abandonar o Presídio de Ambaca, transferindo-o para a região do Luynha, bem como em forçar os comerciantes portugueses a restituírem a maior parte das peças roubadas nos últimos anos ao rei do Dongo e seus fidalgos. Acordado ficou também que Portugal e o Reino do Dongo se apoiariam mutuamente, caso fossem atacados por nações inimigas.

No final do encontro, ergueu-se o governador, no intuito de acompanhar a embaixadora à saída. Estranhou que esta não chamasse a escrava, a mesma que lhe servira de escabelo, a qual se mantivera imóvel, sempre de joelhos, sobre a alcatifa. A Ginga riu-se. Deixaria a escrava, retorquiu. Não tinha por hábito usar do mesmo assento mais do que uma vez. Essa escrava, que como escrevi antes se chamava Henda, veio a ter um curiosíssimo destino. A seu tempo o narrarei.

Durante dias não se falou de outro assunto, em Luanda, senão da rara sagacidade da embaixadora do rei do Dongo. Fui chamado a uma assembleia, à qual compareceram os conselheiros do governador, bem como alguns dos mais poderosos comerciantes da cidade. Reconheci entre eles o senhor Silvestre Bettencourt, um homem crudelíssimo, em cujo engenho, em Pernambuco, passei os primeiros anos da minha infância. Um grande inimigo do meu pai. Fiquei aterrado, com receio de que me reconhecesse, mas tal não aconteceu.

Receberam-me todos com muita simpatia e curiosidade, querendo conhecer a minha opinião sobre a Ginga e o seu irmão, e pormenores da minha vida na ilha da Quindonga. À medida que a noite avançava, e o vinho ia correndo, foram-se mostrando mais inquietos e inamistosos. Ali conheci o senhor Rodrigo de Araújo, anfitrião da Ginga, que era um dos que mais surpresa manifestava pela inteligência da embaixadora. "É coisa sobrenatural", disse-me, "a fluência com que ela fala." No juízo dele, a inteligência, quando manifesta numa mulher, e para mais numa mulher de cor preta, de tão inaudita, deveria ser considerada inspiração do maligno e, portanto, matéria da competência do Santo Ofício. Outro dos comerciantes presentes, Diogo de Menezes, filho do erudito Bernardo de Menezes, de que tanto me havia falado Domingos Vaz, mostrou-se muitíssimo encolerizado com a ordem do governador para que devolvessem à Ginga os escravos roubados. Como podia ser aquilo, questionou-me, se tais peças já haviam sido despachadas para o Brasil e vendidas por bom preço aos proprietários dos engenhos? Todos se mostraram interessados em saber com quantos homens armados poderia contar Ngola Mbandi, caso lhes declarasse guerra, e quantos de entre eles possuíam e sabiam manejar mosquetes. Lamentei não poder ajudá-los, primeiro por só há escassos meses me ter instalado na corte da Ginga, depois por não falar a língua do país e, finalmente, por não ser ilustrado na arte da guerra.

A minha resposta irritou a assembleia. Diogo de Menezes aconselhou-me a abrir os olhos, pois, com batina ou sem batina, continuava sujeito ao rei de Espanha e de Portugal. Nas palavras de Diogo de Menezes, o governador não me enviara ao Dongo para servir aos negros, e sim para o servir a ele e à Coroa.

Regressei com o coração aflito ao convento dos irmãos franciscanos, onde, como escrevi acima, me encontrava agasalhado. Dormi muito mal. Ao amanhecer, Domingos Vaz veio ver-me. A Ginga queria receber as águas do batismo. Não estranhei. Àquela altura já nada vindo da Ginga me podia espantar. Não pude impedir-me de sentir alguma mágoa por não se ter ela aconselhado comigo. Domingos Vaz adivinhou a minha amargura. Disse-me, sorrindo, que me não amofinasse, pois a decisão da Ginga não era de natureza espiritual e sim política. Ao converter-se reforçava a aliança com os portugueses e, ao mesmo tempo, tomava para si uma parte da magia dos cristãos. Desagradou-me o último argumento. Muito me repugnava, retorqui com aspereza, ouvi-lo colocar o nome de Cristo Nosso Senhor ao lado de tal vocábulo. A feitiçaria é obra do demo. Ao receber a sagrada água do batismo, a Ginga teria de renunciar aos seus ídolos e badulaques e imundícies infernais. Domingos Vaz, assustado com o meu tom de voz, implorou o meu perdão. Era, disse, baixando os olhos, um homem ignorante, incapaz de debater comigo. Ainda assim lhe parecia a ele haver grande magia na vida de Nosso Senhor Jesus Cristo, como o ter caminhado sobre as águas, ter devolvido a vista a um cego ou transformado a água em vinho, sendo este o prodígio que mais apreciava. Sorri, sem energia para argumentar com ele, tão sincero o achei naquelas palavras.

O batismo da Ginga ocorreu na Sé Catedral, com o concurso de muita fidalguia e gente poderosa. Nem nessa altura vi as tais mulheres de tez da cor das pérolas e de cabeleiras muito polidas e negras que Domingos Vaz afirmara habitarem a cidade. As mulheres portuguesas mostravam tão mau semblante quanto os homens, senão pior, que de tanto fugirem do sol, por temerem a sua fúria, traziam a pele macilenta e sem brilho algum. Vi, sim, muitas senhoras pardas, donairosas e de fino trajar, mas não as achei mais encantadoras e dignas de atenção do que as fidalgas do Reino do Dongo.

Uma multidão de curiosos concentrou-se no exterior, para testemunhar a conversão e participar dos festejos. O próprio governador, João Correia de Sousa, foi o padrinho, razão por que a Ginga tomou o nome de Ana de Sousa. Teve como madrinha dona Jerónima Mendes, mais conhecida na língua da terra por dona Ngombe diá Quanza, esposa do capitão-mor de cavalos e senhora de dilatada fortuna.

Regressamos ao Dongo duas semanas mais tarde, com os escravos carregando aos ombros os inúmeros presentes que o governador, e outros notáveis, haviam oferecido à Ginga, à qual, a partir deste ponto da minha narração, poderei, com legitimidade, mas não muita, chamar também Dona Ana de Sousa.

Numa das noites em que acampamos chamou-me Dona Ana de Sousa à sua presença. Encontrei-a sentada num enorme cadeirão de palha, com muita elegância e uma frescura que desmentia os quarenta anos de vida, bem vividos, que já levava. Cinco tocadores de marimba entretinham-na e às fidalgas que a acompanhavam, batendo com muita harmonia nos seus instrumentos, que era como se de dentro daquelas cabaças e madeiras jorrassem rios e cantos de aves. Também eu me sentei escutando-os.

Depois que os músicos se foram, perguntou-me a Ginga, sorrindo, se me agradara o batizado. Respondi-lhe, sem esconder os meus sentimentos, que a decisão dela me causara natural surpresa. Nas conversas anteriores, sobre questões de fé, achara-a sempre pouco apegada às coisas de Deus, do verdadeiro e autêntico Deus, muito presa aos antigos ídolos e grandemente desconfiada da Igreja. Voltou a sorrir. Ofereceu-me assento numa almofada, a seus pés.

— Senta-te — ordenou —, vou contar-te uma história que o meu pai me contou a mim, depois de a ter escutado do pai dele. Aqui, neste chão de África, nós gostamos de contar histórias. Havia uma moça em idade de casar, vou chamá-la Mocambo, como a minha irmã mais nova e tão linda quanto ela. A Mocambo tinha muitos pretendentes. Nenhum lhe agradava. Um dia surgiu diante dela o Senhor Elefante. "Sou forte", disse-lhe, "sou o mais forte desta nação. Não há ninguém mais poderoso do que eu." A Mocambo olhou para o Senhor Elefante e viu uma fortaleza, um potentado, uma imensidade. Seduzida, disse-lhe que sim, que estava disposta a casar com ele, e começou logo a preparar o noivado. Nessa tarde apareceu-lhe o Senhor Sapo, fazendo grandes salamaleques e cortesias, e oferecendo-se também para seu marido. A Mocambo, divertida com tal pretendente, que lhe parecia meio tolo, um pobre-diabo sem nome nem fortuna, lá explicou que não podia ser, pois estava noiva do Senhor Elefante. Riu-se o Sapo: "O Senhor Elefante?" Pois não sabia a Mocambo que o Elefante era um escravo seu? Muito se admirou a moça. Não acreditava naquilo, parecia-lhe impossível que o Senhor Elefante, cujo simples caminhar sacudia a terra, estivesse sujeito a figura tão acanhada e tão verde quanto aquele Sapo. Ao anoitecer, quando o Senhor Elefante apareceu para cumprimentar a noiva, esta contou-lhe o que lhe dissera o Senhor Sapo. Mostrou-se o Senhor Elefante muito irado ao ouvir a vil aleivosia, saindo, aos gritos, à caça do rival. Encontrou-o já de manhã a nadar numa lagoa e logo o intimou, em altos brados, a sair dali e repetir o que dissera à Mocambo. Veio o Senhor Sapo muito sereno, assegurando ao Elefante que não, que jamais afirmara tal absurdo e dispondo-se a acompanhá-lo para esclarecer a questão na presença da moça. Foram os dois por aqueles matos acima. Ao fim de algum tempo, queixou-se o Senhor Sapo que não conseguia acompanhar o Senhor Elefante e que seria mais rápido se este o transportasse no dorso. O Senhor Elefante, irritado com a marcha lenta do batráquio, deixou que este se instalasse no seu dorso, e assim prosseguiram viagem. A meio do caminho, o Senhor Sapo arrancou um raminho de uma silva, com que se pôs a fustigar o Senhor Elefante, dizendo-lhe que agia assim para afastar as moscas. O que a Mocambo viu foi o Senhor Sapo montado no seu escravo, o grande Elefante, e açoitando-o para o apressar. Muito poderoso devia ser o Sapo para ter escravo tão forte, pensou. E assim, graças a este ardil, a Mocambo casou com o Senhor Sapo.

Riu-se muito a Ginga ao contar-me a fábula. Riram-se as suas fidalgas e mucamas. Riu-se Domingos Vaz enquanto a traduzia. Eu não me ri. Achei-a ingênua e disparatada, como um conto para divertir infantes. Contudo, fiquei a pensar nela e no que a Ginga me teria querido dizer ao contá-la.

CAPÍTULO SEGUNDO

Neste capítulo, revela-se a lenta urdidura de uma guerra. Aqui se mostra também que a morte nunca anda muito longe do amor. Entretanto, desata-se a tempestade, consuma-se uma traição e prepara-se uma heresia.

1

Dona Ana de Sousa teve um único filho, chamado Quizua Quiazele, que significa Dia Claro. Era este seu filho quem, segundo as leis da Terra, deveria suceder a Ngola Mbandi. Os ambundos não depositam confiança nas mulheres, no que revelam grande sabedoria, preferindo guiar-se pelo dito segundo o qual os filhos das minhas filhas meus netos são, os filhos dos meus filhos serão ou não. A Quizua estava destinada a coroa, por ser, com toda a certeza, de sangue real, o mesmo não se podendo afirmar da descendência de Ngola Mbandi, no caso um único filho homem, ainda menino, de nome Hoji.

Recordo-me do jovem Quizua. Moço confiante, um tanto teatral e enfatuado, como a senhora sua mãe, porém, também como ela, combativo e empreendedor.

Ainda não cruzáramos o rio para alcançar essa formosa ilha da Quindonga, onde Ngola Mbandi estabelecera o seu quilombo, quando vimos avançar na nossa direção um arrastado cortejo de mulheres, chorando e lamentando-se em sombrios uivos, que só de as ouvir se comovia o coração do soldado mais empedernido. Aquela corrente escura avançou ao nosso encontro, como eu vira acontecer à minha chegada a África com as águas do grande rio Congo cercando o Boa Esperança.

A desolação das carpideiras comunicou-se a toda a quibuca, e só então compreendi que nos traziam a notícia da morte de Quizua

Quiazele. Fora devorado por um desses gigantescos lagartos a que alguns eruditos chamam crocodilos, nome que vem do grego, com o significado de "larva das pedras". Os mesmos lagartos se assemelham àqueles que no Brasil os índios denominam jacarés, significando esta palavra "aqueles que olham de lado". Os lagartos africanos são maiores e mais ferozes – mas também eles nos olham de lado, ou de caxexe, como se diz em Luanda.

Dias mais tarde começou a correr uma outra versão, segundo a qual Quizua Quiazele teria sido afogado nas confusas águas do rio por escravos ao serviço do seu tio, Ngola Mbandi. Domingos Vaz dava muito crédito a esta versão. Segundo ele, o rei Ngola Mbandi receava que a Ginga o tentasse matar, substituindo-o no trono pelo sobrinho, e reinando através dele. Não me pareceu, na época, que a Ginga desse crédito a tais intrigas. Chorou o filho, como é suposto uma mãe fazer, e depois a vida regressou ao normal.

Foram dias felizes para mim: a bonança antes da tempestade. Pedi a Domingos Vaz que me ensinasse quimbundo. As línguas de Angola sempre me soaram redondas e harmoniosas, muito mais do que as do Velho Mundo, mesmo se tantos sábios as têm por bárbaras. Como escreveu o cético francês Montaigne, "cada qual chama de barbárie aquilo que não é o seu costume". O mesmo Montaigne acrescenta: "Antes deveríamos chamar selvagens aqueles que com a nossa arte alteramos e desviamos da ordem comum".

Confrontado com o quimbundo, até o nosso português, que eu amo tanto, me parece por vezes áspero e ríspido, mais próprio às rudes lides da guerra do que feito para cantar, ou afeito aos subtis jogos do amor.

Domingos Vaz veio a ser um bom professor. Muxima, a mais jovem das suas esposas, mostrava-se também ela muito interessada nessas aulas, participando de todas com uma ingênua e espontânea alegria. Enquanto eu ia anotando em meus livros as palavras do quimbundo – que mais belas me pareciam formadas pelos lábios dela –, ia Muxima cultivando o nosso idioma.

Algumas vezes a acompanhei a pescar com grandes cestos de palha, tarefa que entre os ambundos é praticada sobretudo pelas mulheres. Muxima e as amigas riam muito por me verem entrar na água junto com elas e, se bem que nunca me tivessem impedido, recusaram-se ao princípio a entregar-me os cestos. A minha teimosia prevaleceu sobre a resistência delas, de forma que, decorridas algumas semanas, já eu me entregava àquela faina sem maior injúria além da troça dos homens.

Antes de entrar no rio cantava com as mulheres para apaziguar as quiandas, cantávamos juntos: "Escutem, águas, senhoras das águas, pedimos permissão para entrar, deixem que entremos pois vimos em paz. Afastai os crocodilos, afastai os cavalos-marinhos. Deixai que entremos nas águas que dormem. Dai-nos os peixes, os peixes alegres e velozes, como raios de prata. Dai-nos os peixes, senhoras das águas, dai-nos o fulgor e a presteza dos peixes".

O batismo da Ginga inspirou outros fidalgos e fidalgas da sua corte. Muitos vinham ter comigo, desejosos de acederem aos mistérios da fé. Todas as manhãs eu ascendia do rio com novos cristãos – e, se tivesse muita sorte, com novos cristãos e peixe fresco.

Um dia, procurou-me um dos macotas de Ngola Mbandi. Também o rei ansiava pelas águas do batismo. Não queria, contudo, que fosse eu a batizá-lo, por me achar demasiado moço e sem notabilidade. Suspeito que o fato de me encontrar ao serviço de Dona Ana de Sousa não ajudava ao seu juízo. Mandou-me escrever ao governador, solicitando o envio de um sacerdote de respeito e prestígio (um macota) para o batizar. Assim fiz. Semanas mais tarde vimos chegar uma pequena quibuca. Um homem alto saltou de uma das maxilas. Reconheci-o. Era o padre Dionísio Faria Barreto, filho da terra, cultivado e de coração generoso, que eu sabia andar trabalhando numa gramática da língua ambunda. Recebi-o com alegria, instalando-o em minha casa, a qual, não sendo espaçosa nem permitindo luxos, me parecia mais rica do que as da maioria das gentes dali. Mandei preparar os peixes que eu mesmo pescara nessa manhã. Servi-lhe um rico licor da Madeira, oferta dos irmãos franciscanos quando da minha visita a Luanda acompanhando a senhora Ginga. Esperamos que viesse um emissário do rei. Quem surgiu, já o Sol ia abandonando o céu, foi Domingos Vaz, muito nervoso, dizendo que seria melhor o padre Dionísio passar o rio numa canoa e desaparecer. Olhamo-lo, ambos, assombrados.

Pois o que se passava?

O tandala confundiu-se. Cada vez mais nervoso, ia misturando explicações em português e em quimbundo. Ao rei desgostara muito que lhe tivessem enviado um padre preto. Argumentava Ngola Mbandi que à sua irmã, a Ginga, a batizara um padre branco, e não um qualquer, senão um dos maiores, tomando como um insulto que lhe enviassem a ele o filho de uma das suas escravas. O padre Dionísio ergueu-se em sincera aflição. O governador enviara-o como sinal de respeito e pela muita conta em que tinha o rei, visto ser ele, Dionísio Faria Barreto, ilustrado na língua do país e ter numerosa família na região. Protestou ainda contra a injuriosa afirmação de Ngola Mbandi, pois os seus pais, embora humildes, nunca haviam sido escravos. Domingos Vaz insistiu novamente com o padre, para que fugisse com os seus servos, de canoa, mesmo correndo o risco de enfrentar os cavalos-marinhos, ou cavalos do rio, que é o nome que se lhes dá em grego (*hipopótamos*), os quais àquela hora procuram as margens e são muito zelosos com as suas crias, pelo que frequentemente atacam quem quer que se cruze com eles. São estes animais tão perigosos ou mais do que os leões, pois, ao contrário dos primeiros, por coisa pouca se abespinham, podendo, com uma única dentada, rachar um homem ao meio.

Estávamos neste debate, discutindo tanto o mau humor dos hipopótamos quanto o de Ngola Mbandi, quando surgiu um grupo de homens armados de azagaias e machadinhas, intimando o padre a que os acompanhasse. Fui com ele, esforçando-me por o tranquilizar. Levaram-nos para um extenso terreiro, no centro do qual se erguia uma árvore muito alta e muito frondosa e verde, à qual chamam mulemba. O rei e os seus macotas esperavam-nos junto à mesma.

Escravos afadigavam-se em animar com palhas e troncos uma alta fogueira, cuja trêmula luz se confundia com a do crepúsculo, essa hora entre lobo e cão, quando a vista ainda distingue as formas, mas não as cores. Assim que chegamos, logo uma dúzia de brutos saltaram sobre o infeliz padre, arrancando-lhe a batina, e deixando-o exposto aos olhos de todos na mesma condição em que a senhora sua mãe o lançara ao mundo. Ao mesmo tempo davam-lhe fortes pancadas na cabeça e no corpo todo, de tal sorte que talvez o tivessem matado se eu não me houvesse interposto. Gritei ao rei para que detivesse a fúria dos seus vassalos. A cor da pele não diminuía o padre Dionísio no seio da Igreja, antes o agigantava, atendesse ele ao caso de São Benedito, preto, filho de pais mouros, porém siciliano de nascimento. São Benedito goza de enorme prestígio na Igreja, e até em Luanda o povo o cultua, através de uma delicada imagem que pode ser visitada na Igreja de Nossa Senhora do Rosário. No Brasil é, e creio que continuará sendo durante os séculos vindouros, um dos santos mais venerados pelo povo. Além de São Benedito há também o brilhante exemplo de Santa Efigênia, de cor muito preta, filha do rei etíope Egippus. Acrescentei que poderia escrever nova carta ao governador, desfazendo o engano, e rogando que enviasse um padre mais categorizado para o batizar, talvez o próprio bispo. O rei não me escutou. O padre Dionísio Faria Barreto foi preso com correntes de ferro, ou libambos, como se faz aos escravos, e açoitado ali mesmo, com a mais cruel severidade. Domingos Vaz arrastou-me do terreiro, quase me carregando, tão atarantado eu me encontrava que mal podia caminhar pelas próprias pernas. Levou-me para sua casa, temeroso de que a cólera do rei caísse também sobre a minha cabeça.

— Agora é a guerra — disse-me Domingos Vaz.

A fúria de Ngola Mbandi não se devia apenas ao desaforo que, no entender dele, representava o envio de um padre negro. Vingava-se no infeliz padre pelo fato de os portugueses não darem mostras de quererem cumprir nada do que fora acordado em Luanda, como seja a devolução das muitas centenas de escravos roubados nos últimos anos pelos soldados e comerciantes e o abandono do Presídio de Ambaca.

Domingos Vaz achava que eu devia tentar a fuga. A mim parecia--me uma insensatez e uma covardia. Covardia porque me cumpria continuar ali, na minha função de secretário e de conselheiro da Ginga, e também como pastor de almas, pois contava agora com um pequeno rebanho, e não me achava no direito de defraudar a confiança daquelas pessoas, em especial as mais humildes, que eram também as mais sinceras na sua fé. Insensatez, porque como poderia eu fugir daquela ilha da Quindonga, e depois através de todo o dilatado sertão, desconhecendo os caminhos e os costumes e tão à mercê das feras e dos homens?

Domingos Vaz colocou então alguns dos seus vassalos ao meu dispor, entre os quais um velho pisteiro chamado Caxombo, que tinha fama de conhecer todos os desvãos daqueles matos, além e aquém Dongo e Matamba, e de ser capaz de desenredar trilhos, mesmo através da mais espessa escuridão da noite. Teimei em ficar. Na manhã seguinte, muito cedo, fui despertado por um oficial da Ginga, aquele mesmo Cacusso de que falei atrás, trazendo-me a proteção da sua senhora. Disse-me Cacusso que Ngola Mbandi enviara um grupo de jagas para me prender, e que estes homens ferozes, adestrados para a guerra desde meninos, não me encontrando em casa, lhe haviam largado fogo. A notícia entristeceu-me muito porque, com a pouca roupa e outros pertences sem grande valor que deixara em casa, estavam também os meus preciosos livros. Cacusso aconselhou-me a permanecer escondido, sem fazer alarde, até que Dona Ana de Sousa encontrasse a melhor solução.

2

Fiquei sete dias fechado num pequeno quarto. Durante esse tempo Domingos Vaz quase não me veio ver. Andava numa grande aflição, indagando de uns e de outros sobre os preparativos para a guerra, discutindo estratégias, e, mais do que tudo isso, imaginando um plano para se salvar a ele e à família em caso do triunfo das forças portuguesas.

Muxima cuidava de mim. Vinha de manhã com as suas delicadas mãos de ninfa oferecer-me água fresca e fruta madura, bananas, anonas, mamões, romãs e algumas outras, próprias da terra, que as não há no Brasil, como uma espécie de laranja a que chamam maboque, de casca muito dura, mas carne tenra e agradável. A estes maboques, depois de bem secos, costumam os gentios encher de miçangas, transformando-os em guizos. Muxima mostrou-me um desses guizos e cantou para mim, usando dele, canções alegres e canções tristes, algumas tão tristes que me fizeram chorar. Conversávamos mais por gestos do que por palavras, conquanto eu já pronunciasse algumas em quimbundo, e ela outras num belo português cadenciado. Ao meio do dia Muxima trazia-me o habitual cacusso assado com farinha de mandioca, demorando-se comigo mais algum tempo, rindo, enchendo de uma luz de âmbar a penumbra do quarto.

Uma noite sonhei com ela. Vi-a, no meu sonho, debruçar-se sobre mim, mas não era uma pessoa, e sim uma flor, ou melhor, era uma pessoa e uma flor, e o perfume dela dilatava o ar e aliviava o peso dos corpos. Num momento eu estava deitado numa esteira e no momento seguinte flutuava através da imensidão. Recordei-me do que me contava a minha avó índia sobre a arte de voar dos pajés – ou "santidades", como também lhes chamam. Não achei nisso artimanha do Demônio, pois no que sonhava não havia lugar para o Mal, e sim a memória de um saber muito antigo que o meu sangue preservava. Acordei alagado em suor e tremendo muito, e subitamente tudo era lúcido e claro como uma tarde de sol. O meu destino estava ligado ao de Muxima, para sempre, para além de existir tempo e o veneno do tempo, e não havia pecado nisso, pois não havia pecado. Já não era mais um servo do Senhor Jesus, era um homem livre.

Quando abri os olhos, vi os olhos de Domingos Vaz enfrentando os meus. Vi depois, atrás dele, o rosto assustado de Muxima. O tandala disse-me que eu fora acometido por grandes febres e passara três dias e três noites a delirar.

— Vou morrer? — perguntei.

Não, assegurou-me. Não morreria. Ele mesmo me tratara com ervas que uma sua avó lhe ensinara a usar. Ficaria bom. Essa era a primeira das boas-novas. A segunda talvez me alegrasse tanto quanto aquela: a desavença com Ngola Mbandi fora resolvida. Soergui-me, de um ímpeto, mas logo voltei a cair, exausto, sobre a esteira.

O que acontecera?

Ngola Mbandi morrera. Como sempre, havia várias versões. Para os antigos gregos, a verdade, *atheneia*, é aquilo que está exposto. Segundo eles existe apenas uma verdade. A natureza exuberante dos ambundos explica, talvez, que os mesmos não se contentem com uma única verdade. Assim, segundo alguns, Ngola Mbandi morrera das mesmas febres comuns, tão frequentes no país, que me haviam prostrado a mim. Segundo outros morrera de desgosto por se sentir desrespeitado e humilhado pelos portugueses. Asseguravam terceiros, entre os quais

Domingos Vaz, que o rei fora envenenado pela irmã, a qual vingara assim a morte do infeliz Quizua Quiazele.

A Ginga conseguira convencer os macotas a aceitarem-na como rainha, ainda que com a forte oposição de muitos deles, os quais preferiam ver no lugar dela um filho, ainda muito pequeno, de Ngola Mbandi. Este menino, de seu nome Hoji, entregara-o o pai aos cuidados do poderoso jaga Caza Cangola, seu aliado, temeroso de que a irmã pudesse atentar contra a sua vida e a dos seus.

A Ginga, agora rainha Ginga, ou melhor rei Ginga, porque assim exigia ser tratada, queria ver-me. Muxima ajudou-me a levantar, a lavar-me e a vestir-me. Quatro escravos carregaram-nos depois a mim e a Domingos Vaz, cada qual em sua cadeira, até à banza da rainha. Pelo caminho passamos por aquele mesmo terreiro onde o padre Dionísio Barreto fora tão violentamente açoitado, mas já não o encontramos. Muito me surpreendi ao ver no lugar dele um homem branco, acompanhado por outros quatro, esses negros, todos eles nus, presos uns aos outros pelos tornozelos com cadeias de ferro e expostos assim à troça da populaça. O português ao ver-me logo se lançou em altas queixas, dizendo chamar-se Estêvão de Seixas Tigre e ser capitão de infantaria. Condoí-me dele. Não me deixou Domingos Vaz apear-me e abraçá-lo, antes pelo contrário, deu ordens aos escravos para que apressassem o passo. Explicou-me, enquanto abríamos caminho através da turba, ter o referido Tigre sido capturado numa peleja que houvera com guerreiros do soba Hari diá Quiluange, senhor das altíssimas e possantes pedras de Pungo Andongo que, à época, ainda não tinham esse nome e sim Maupungo. O soba Hari diá Quiluange pedira ajuda aos portugueses, os quais haviam enviado, do Presídio de Ambaca, aquele mesmo capitão Tigre, soldado experiente, com muitas provas de bravura nas guerras de Itália, mas que se mostrou ali ou demasiado confiante ou demasiado ingênuo, deixando-se apanhar à mão, não como o ágil e perigoso animal de que usufruía o patrônimo, mas como um mero gatinho indefeso.

Festejava-se por todo o quilombo a coroação da rainha. Ou do rei, segundo os termos da própria Ginga. Vi batuqueiros e marimbeiros e muito gentio sangando, ou seja, dando enormes saltos, simulando uma peleja – e também isso é uma forma de dança. Postados à entrada da banza da Ginga encontramos um conjunto de hábeis tocadores de quissange, que são instrumentos de tinir com os polegares, belos e harmoniosos como aves amestradas. No interior, parecendo flutuar num mar de sedas, estava a rainha Ginga, sentada sobre muitas travesseiras, e rodeada pelo afago carinhoso das suas molecas e fidalgas. Alegrou-se ao ver-me, dando-me logo assento junto dela e mandando que me servissem um licor brando e fresco, ao qual chamam quissângua. Quis saber como eu me sentia. Confessei-me cansado e confuso, pois me parecia que o mundo correra – como corre um rio – enquanto eu dormia. Riu-se a Ginga. Retorquiu-me que o mundo nunca se detém e é por isso que um rei não pode dormir. Mandar-me-ia um dos seus quimbandas, com ervas propícias e outras mezinhas, para que eu recuperasse depressa. Agradeci muito a preocupação dela. Já me sentia melhor. O seu vassalo, Domingos Vaz, que ali estava, desempenhando o ofício de tandala, tratara muito bem de mim. A rainha-rei não insistiu. Passou para os assuntos de Estado. O irmão, Ngola Mbandi, criara um conflito com os portugueses que ela gostaria de resolver sem mais delongas. Mandou-me escrever uma carta, pedindo a retirada de todas as tropas do Presídio de Ambaca e a devolução dos escravos roubados. Assim que isso fosse feito libertaria o capitão Tigre e os restantes soldados. Disse-lhe que, estando ela nos primeiros momentos do seu reinado, o qual seria com certeza longo e próspero, mostraria grande generosidade se libertasse, sem condições, o capitão Tigre e o padre Dionísio Barreto e os deixasse ir. Respondeu-me que ambos eram agora seus escravos, que haviam sido os portugueses a provocar o conflito e que cabia ao governador corrigir a soma de graves erros cometidos pela sua gente. Roguei, quase em lágrimas, que desse agasalho e sustento ao capitão e aos seus homens, bem como ao padre Dionísio Barreto, e nisso ela concordou. Mas me disse que mandara construir uma outra casa para mim, no local onde a primeira ardera, e que mandaria mais escravos para me servir, pois embora eu fosse ainda muito moço, o meu espírito era o de um ancião, um macota ou diculundundo, como dizem os ambundos, e me tinha por isso em grande consideração. Redigi a carta com as condições da Ginga, selei-a e entreguei-a. Já no regresso, Domingos Vaz quis saber se eu acreditava que os portugueses abandonariam o Presídio de Ambaca e devolveriam os escravos. Disse-lhe que deveria continuar a preparar-se para a guerra.

3

Nas semanas seguintes, a ilha da Quindonga recebeu uma torrente de escravos fugidos de Luanda. Chegavam animados com a notícia de que a Ginga se fizera rei e se opunha ao envio de mais escravos para o Brasil. Davam notícia de que a cidade se preparava para a guerra. Os generais da rainha transmitiram instruções para fortificar o quilombo. Foram construídos muros de pedra e barro, e fossas ao longo daqueles, cobertas estas com rijos arbustos, que por ali os há em abundância, a que chamam bissapas, e cujos espinhos ferem como lâminas. Os ferreiros, ofício de grande respeito entre os ambundos, trabalhavam dia e noite para produzir setas para as flechas e azagaias. As mulheres pescavam e salgavam o peixe. Havia tantos bagres e cacussos a secar ao sol, suspensos dos ramos das árvores e arbustos, que o ar custava a engolir. Aquele cheiro infiltrava-se nos sonhos, de tal forma que muitos despertavam aos gritos, crentes de que haviam sido transformados em peixes e alguém os salgara, e que os andavam secando para depois os comerem com farinha de mandioca.

Vieram de Luanda dois padres, Jerónimo Vogado e Francisco Paccónio, com uma carta do governador, em que este instava a rainha a entregar todos os escravos fugidos, além dos portugueses que, entretanto, havia capturado. Vogado e Paccónio eram sacerdotes de muito respeito. O primeiro, quase um santo, o segundo autor de um catecismo em quimbundo com o título *Gentio de Angola Suficientemente Instruído*.

A Ginga exigiu a minha presença na maca. Os padres não conseguiram esconder a surpresa ao ver-me ali, muito bem sentado, junto com os restantes fidalgos e macotas. Apresentaram os seus argumentos sem convicção, assustados, creio, com a desrazão daquilo mesmo que propunham. A rainha escutou-os num silêncio inquieto. Quando terminaram, levantou-se. Mandou que dissessem ao governador não ver ela sentido algum em devolver escravos que na realidade já lhe pertenciam, como lhe pertenciam os outros enviados para o Brasil. Quanto aos portugueses, entretanto capturados, eles poderiam apenas levar o padre Dionísio Barreto. O capitão Tigre, e os restantes, ela os via como escravos de guerra, seus ijico (no singular, quijico), ou caxicos, como alguns também já dizem, aportuguesando o quimbundo. Se os quisessem teriam de comprá-los.

No final do encontro o padre Jerónimo Vogado veio ter comigo. Eu já o conhecia, da muita glória de que gozava. Era um jesuíta de idade respeitável – passara os cinquenta –, porém seco e direito. As suas muitas virtudes e uma firme reputação de pio e até milagreiro o faziam respeitado no país, quer entre os poderosos de Luanda, quer entre o povo mais humilde. Conta-se que certa manhã mandou tirar farinha de uma caixa, para a dar de esmola a uma mãe muito necessitada, e lhe disseram que já não havia nenhuma. Uma vez mais insistiu o jesuíta, e então se viu que a caixa estava de novo cheia de farinha.

O padre Jerónimo estranhou a minha intimidade com a Ginga. Aconselhou-me a acompanhá-los no regresso a Luanda. Isto, acrescentou, lançando-me um olhar desconfiado, se eu fosse ainda um homem livre. Assegurei-lhe que sim, que me sentia senhor das minhas ações. Preferia permanecer na Quindonga, no meu ofício de secretário, e também para assistir a todos os que nos últimos meses haviam tomado as santas águas do batismo. Jerónimo Vogado deve ter sentido a sombra da incerteza velando as minhas palavras porque voltou a enterrar nos meus os seus duros olhos de santo. Espetou um dedo áspero no meu peito e citou um dito ambundo: por muito tempo que um tronco permaneça no rio nunca se transformará num crocodilo.

Vi-o partir, a ele e à sua embaixada, com o sentimento de que estava assistindo à minha própria despedida.

Uma tarde chegaram sentinelas aos gritos e pouco depois surgiram dezenas de lanchas, canoas, balsas e jangadas, avançando sobre as águas escuras do Quanza, com altas flâmulas e auriflamas, como chamas queimando os ares, e as agudas lanças e os rudes urros de guerra. Na correria houve homens e mulheres que não conseguiram entrar no quilombo. A uma moça com o filho pequeno às costas, vi eu ser trespassada por uma zagaia, ainda as embarcações não haviam tocado em terra. Momentos depois eram os portugueses que fugiam, perseguidos pelas setas dos nossos jagas.

Interrompo por breves instantes a fúria da guerra para melhor dar conta da natureza destes jagas, que muitos julgam ser designação de um povo, o que não é verdade, visto que os há falando línguas diversas e nascidos em diferentes reinos. Jagas são homens inclinados só para a guerra. Bravos, sim, como eram bravos os hunos e o seu rei Átila, *o Flagelo de Deus*, e como eles de igual forma brutos e cruéis, desprezando a vida, pois só o que os anima é pelejar. A Ginga compreendeu que para guerrear os portugueses precisaria de ter ao seu lado o rei dos jagas, o poderoso Caza Cangola, e tão bem conduziu as negociações com este que o mesmo lhe enviou uns milhares de arqueiros para a ilha antes do assalto dos portugueses. Mandou-lhe também o filho pequeno de Ngola Mbandi, o que foi uma ruim lembrança. Dizem – destas coisas não há certezas – que mal o teve diante dos olhos a Ginga o matou, ou fez matar, arrancando-lhe o coração. O certo é que nunca mais ninguém o viu. Calaram-se os fidalgos e macotas que ainda defendiam a substituição da rainha pelo pequeno Hoji. A partir desse dia, a Ginga reinou, sem contestação por parte dos seus, até ao derradeiro suspiro.

Lembro-me muito bem dessa primeira noite de cerco. No quilombo o povo dançava e festejava, como se a morte não estivesse mesmo ali ao lado, pronta a filar-nos pelo pescoço. Um dos escravos que havia fugido de Luanda, de seu nome Mateus do Rosário, chegou-se ao muro e, em altos brados, quis saber se entre a tropa havia algum senhor de nome Lourenço. Logo se aproximou um Lourenço, surpreendido por ver que o chamavam do lado do inimigo. Então, Mateus gritou-lhe: "A esposa de vossa mercê, a senhora dona Vicência, folgando de o saber tão longe, está agora divertindo-se com um escravo, como em tempos se divertiu comigo".

Estes dislates e desaforos eram saudados por todos com larga soma de gargalhadas, até mesmo do lado dos sitiadores. Não parecia uma guerra, antes uma ópera-bufa.

Assim que a primeira luz se acendeu no horizonte, vimos o capitão-mor e tandala do reino, António Dias Musungo, avançar à frente dos seus homens através do areal. Este capitão, negro, natural do país, era já nesse tempo um dos homens mais ricos de Luanda, senhor de muitos escravos, com um filho sacerdote e duas filhas casadas com comerciantes de muita autoridade e posição.

Dos nossos muros irrompeu sobre os atacantes uma grossa chuva de flechas, além de muitos tiros de espingardas e mosquetes, e logo ali tombaram mortos alguns deles. Não o capitão-mor, que sacudia as flechas presas no grosso gibão de pano que lhe servia de armadura, como se fossem inoportunos mosquitos. Por vezes basta um arranhão de uma dessas setas para prostrar um homem, pois os jagas as envenenam com uma peçonha de sua invenção. Acreditam alguns que o único remédio contra tal peçonha é o menstruo das mulheres, razão por que muitos soldados, tanto negros quanto brancos, trazem consigo caixinhas com um pouco desse sangue reduzido a pó e o colocam sobre as feridas mal são atingidos. Tenho para mim que aquilo que os cura, nos casos em que resistem aos ferimentos, não é o sangue das mulheres e sim a sua própria fé em tão árduo prodígio.

A coragem, que é quase tão contagiosa quanto a covardia, atraiu outros homens até junto do capitão-mor, e todos juntos começaram a derrubar um dos muros. Deteve-os a pronta intervenção de um português que se pusera do lado da Ginga, de nome Cipriano, ou Abdullah, por alcunha O Mouro, o qual avançou com uma escolta da sua guarda, todos fazendo muitos tiros de espingarda, com o que derrubaram cinco negros que lutavam ao lado do capitão-mor, forçando o mesmo a recuar.

Quão imprevisto e surpreendente é o destino! Ali estavam milhares de soldados pretos combatendo em nome de um remoto rei espanhol, enquanto do lado dos africanos se destacava aquele homem de Évora, e alguns outros como ele, brancos ou quase brancos, que haviam buscado fortuna em terras da Ginga, trocando espingardas e munições, além de tecidos, miçangas, espelhos e outros objetos vilíssimos, que não servem senão para efeminar os espíritos, por escravos e marfim.

Vendo que não conseguiam romper os muros, a não ser à custa de muita mortandade, as tropas do capitão-mor António Dias Musungo recuaram para a margem do rio, dispostas a vencerem-nos pelo cansaço e pela fome.

No quilombo havia já muitos feridos, dos quais me ocupei, ao lado dos quimbandas e ervanários da rainha. Entre estes quimbandas chamaram-me a atenção uns que se vestem e se comportam como mulheres, aos quais dão os ambundos o nome "nganga diá quimbanda", ou sacerdote do sacrifício. Trazem estes quimbandas cabelo comprido, muito enredado e descomposto, e a cara sempre bem raspada, que parecem capões. Deitam-se com homens, fazendo com eles o que na Natureza fazem as fêmeas com os machos, e com tudo isto são muito respeitados e venerados por toda a gente. Um destes quimbandas, de nome Hongolo, simpatizou comigo, mostrando-me algumas ervas com as quais sarava as feridas, mesmo as que já cheiravam mal. Uma noite repartiu comigo uma bebida amarga. Lembro-me de que, embriagado por essa poção, conversei com ele enquanto as estrelas bailavam com a Lua. Conversamos muito, ainda que a essa altura eu mal compreendesse as línguas de Angola, e ele nada falasse de português. Hongolo foi aprisionado pouco depois e só o voltei a ver, muitos anos mais tarde, num arimo a poucas milhas de Luanda.

Recebíamos a ajuda das mulheres, entre as quais Muxima, sempre atenta e caridosa. Cuidando dos feridos, uma ou outra ocasião os dedos dela tocavam os meus, e então esquecia-me da brutalidade dos homens e da angústia daqueles dias e era como se o mundo se estivesse formando de novo, sem erro nem pecado algum.

Uma semana mais tarde reparamos que do outro lado, às margens do rio, um grupo de soldados fugia em altos gritos de um homem magro e esgalgado, o qual se despira, talvez para se refrescar nas águas lamacentas. Formou-se um grande alarido. Vimos chegar o capitão--mor. Aproximou-se do soldado com muito bons modos, sempre tranquilo, como era o seu jeito. Porém, logo se afastou, de um salto, sem conseguir ocultar o horror.

Só uma coisa podia assustar um homem tão bravo – as bexigas! Em Pernambuco eu vira muita gente desfigurada pela doença. Homens cegos, com a pele do rosto rota e roída, como se tivessem saltado das chamas do Inferno para a vida e guardassem ainda na carne a memória dessas chamas.

O soldado com bexigas ficou isolado, à sombra de um pequeno arbusto. Atiravam-lhe de longe pedaços de comida. Ao segundo dia recebeu a companhia de mais sete. Ao terceiro já eram quinze. Mesmo de onde estávamos conseguíamos ver como a pele deles se alteava e por fim se abria em pústulas enormes.

Quando o primeiro morreu, veio um soldado com a pele picada de bexigas, porém seca, um desses que, anos antes, sofrera o tormento da doença e se salvara e por isso se achava resistente a ela. O soldado aproximou-se do grupo segurando uma machete. Com gestos rápidos e precisos, como um açougueiro, despedaçou o corpo do defunto. Guardou depois esses pedaços num pano grosso e afastou-se. Uma dezena de outros soldados haviam entretanto arrastado, desde os bosques, uma espécie de catapulta que estava agora à vista de todos.

Cipriano, *o Mouro*, compreendeu antes de mim o que eles pretendiam. Galgou o muro disparando a sua espingarda, mesmo se com isso se expunha inteiro. Os seus homens seguiram-no. Fosse por nervosismo, fosse por natural inépcia, todos os tiros erraram os alvos. Os soldados carregaram a catapulta com os pedaços do falecido e arremessaram-nos contra nós. Cipriano voltou para dentro, gritando a todos que se afastassem e abrigassem. Não serviu de muito. Já a carne caía sobre o quilombo, um dos braços a pouca distância de mim, mas sem me atingir, e o resto espalhando-se em redor, aquele sangue envenenado chovendo sobre as nossas cabeças.

Pedi a Domingos Vaz que me conduzisse à presença da Ginga. Encontrei-a vestida à maneira de um homem, como rei que se arvorava ser, tão macho quanto os demais, ou mesmo mais, e armada de arco e flechas. Rodeavam-na os seus quilambas, que é como chamam aos capitães de guerra e também aos magos capazes de compreender a linguagem secreta das sereias. Muitas vezes os dois se confundem.

Contei ao rei o que acabara de ocorrer. Disse-lhe que era necessário apartar aqueles que tivessem sido atingidos pelos humores emanados da carne doente. Ela – o rei – gritou algumas ordens em quimbundo, que não compreendi, e logo uma série de jagas saíram apressados. Instantes mais tarde, para meu grande horror, uma dezena de mulheres e de crianças eram lançadas pelo muro, para o lado do inimigo. Ficaram ali, junto à larga fossa, enredando-se nas silvas, cortando-se nos espinhos, chorando e lamentando-se.

Fui queixar-me a Domingos Vaz. O meu amigo não quis escutar--me. "É a guerra", justificou. Mostrou-me dois homens cavando um buraco sob a atenta vigilância de cinco jagas. Também eles tinham sido atingidos pelos pedaços de carne. Sendo homens não os lançavam ao inimigo, antes os forçavam a cavar a própria sepultura.

Recolhi-me a casa, atordoado por tanta maldade. Estendi-me numa rede, num esforço para aquietar e ordenar o espírito. Pensei no senhor meu pai e no que ele diria se me soubesse em tantos trabalhos e perigos. O meu pai chamava-se José, como o carpinteiro, e como aquele começara a vida trabalhando com madeira, com tanta arte e tão boa sorte que em pouco tempo ganhou o suficiente para montar loja própria. Teve muito gosto em ver-me feito padre, mas sempre se opôs a que eu fosse para África. Dizia, e com razão, que no Brasil também havia ignorância, e que mais valia continuar por ali, junto aos meus, salvando almas e ensinando os índios a ler, do que me exilar num fim de mundo tão distante de Deus.

Estava pois nesta inquietação quando senti alguém entrando em casa. Erguendo o olhar vi Muxima avançar para mim. Sorrindo, soltou o pano que trazia preso ao busto, deixando-o cair. Era um pano chinês, em seda, com belos pássaros estampados, tão vivos, num tal luxo de cores, que me pareceu escutar o rumor das suas pequenas asas enquanto desciam e se aninhavam junto aos pés dela. Muxima tinha um corpo liso, pequenos e orgulhosos seios, assentos rijos e redondos nos quais se encaixavam com infinita graça as suas altas pernas. Subiu para a rede e estendeu-se ao meu lado. Abraçou-me, eu abracei-a, e então soube por que o destino – e reparem que escrevo o destino, não escrevo Deus – me lançara para África.

4

Nos dias que se seguiram o horror aumentou. Cada soldado que morria era rapidamente esquartejado e os seus pedaços arremetidos na nossa direção. Pela nossa parte não era possível continuar a enterrar homens e a lançar para o outro lado do muro os infelizes tocados pela doença. A cada dia surgia alguém com febre. Os empestados escondiam-se onde podiam para não serem mortos. Começou a alastrar uma ameaça de revolta. Os escravos fugidos preferiam regressar a Luanda, preferiam ser vendidos para o Brasil, a morrerem na ilha de forma tão atroz.

A rainha mandou-me chamar. Achei-a muito inquieta. Queria conhecer a minha opinião sobre a melhor estratégia. Um dos seus quilambas imaginara um plano de fuga durante a noite. Havia na ilha pisteiros muito bons, entre os quais aquele afamado velho, de seu nome Caxongo, que Domingos Vaz me recomendara, os quais conheciam caminhos secretos por onde a rainha e mais alguns poderiam fugir. As mulheres, os velhos e os meninos ficariam para trás, juntamente com alguns jagas mais audazes, criando assim a ilusão de que ninguém abandonara o quilombo.

Outro quilamba defendia uma surtida rápida, também durante a noite, para destruir a catapulta.

Pedi algum tempo para refletir. Por fim sugeri que se acatassem ambas as sugestões. Eu escreveria uma carta ao capitão-mor, em nome da Ginga, em que essa se mostraria arrependida e disposta a negociar a rendição do seu reino. Ao ler tal carta, supondo que acreditasse nela, António Dias Musungo enfraqueceria a guarda. Nessa mesma noite os jagas saltariam os muros e atacariam a catapulta. Enquanto isso a rainha fugiria com a sua gente. Quando os portugueses dessem conta seria demasiado tarde.

A minha proposta foi recebida com grande alvoroço. Um dos macotas de mais idade, que todos os outros tratavam com genuína cortesia, fazendo-lhe muitas mesuras e salamaleques, apontou aos gritos na minha direção. Embora só me fosse possível compreender uma ou outra palavra, uma frase aqui, a seguinte acolá, intuí que desconfiava de mim por ser eu padre e branco – ainda que branco eu não fosse, e padre estivesse deixando de ser, mas isso eles não sabiam. Nos sertões de Angola, como acontece nos do Brasil, qualquer homem que fale português, tenha recebido as águas do batismo e possua fortuna ou merecimento, pode ser tomado como branco. Conheci muitos brancos de pele preta.

Domingos Vaz traduziu o que dissera o velho. Ele receava que eu escrevesse uma carta a António Dias Musungo não para o ludibriar, mas para lhe dar a conhecer os planos da Ginga. Ninguém ali sabia desenhar letras. Eu poderia escrever o que quisesse. Era um forte argumento. Não soube o que retorquir. Fez-se um grande silêncio. Podia escutar a dúvida abrindo caminho pelo pensamento dos restantes macotas e quilambas, como um cupim roendo a madeira.

Por fim a rainha ergueu a magra mão num firme gesto. Ela acreditava em mim, disse. Confiara em mim desde o primeiro dia. Continuaria a confiar. Correu ao longo da assembleia um murmúrio esquivo. Contudo, ninguém se atreveu a contestar a vontade da Ginga.

Sentei-me a uma mesa e escrevi a carta. Selei-a e entreguei-a a um pombo, que é como em quimbundo se chamam aos mensageiros, escravos ou homens livres, que alguns já vão apelidando pombeiros, o qual correu a levá-la ao outro lado. Entardecia quando escutamos um largo repique de sinos, seguido do alegre estrondo de muitos ngomas e atabaques. O capitão-mor e a sua gente festejavam a nossa rendição. A folia atravessou a noite. Debruçados sobre os muros, já sem receio de que uma bala nos arrancasse uma orelha, podíamos ver os soldados a dançarem e a beberem ao redor das muitas fogueiras espalhadas pela praia.

Não julgara tão fácil ludibriar um homem experiente como aquele capitão-mor, habituado tanto aos logros da guerra quanto aos da intriga política. Sentia-me tomado por uma terrível angústia. Custava-me mentir. Custava-me ainda mais assumir o papel do traidor. Eu traíra os meus, conquanto nunca os tivesse sentido como meus, senão que com eles partilhava a língua e a fé em Nosso Senhor Jesus Cristo.

"A vida é um labirinto de escolhas", dizia-me o meu pai quando eu era menino. "Deus deu ao homem o livre-arbítrio. O homem escolhe ir para o Inferno ou para o Paraíso."

Eu fizera uma escolha. O Paraíso deixara de ser para mim algo abstrato e remoto. O Inferno também. O Paraíso era ela e o ar que ela respirava, e o Inferno a ausência dela. A toda a volta só havia demônios.

5

Esperamos que as fogueiras se apagassem. Vimos a Lua desaparecer atrás de umas nuvens densas. Os soldados jaziam de borco na areia, uns bêbados, outros doentes. Só dois empacaceiros ainda se mantinham de pé, vigiando a catapulta. Os jagas, sete ou oito, saltaram o muro e caíram sobre os desgraçados, matando-os a golpes de machadinha e degolando-os. Destruíram a arma e lançaram fogo aos destroços. Regressaram para a segurança dos nossos muros sem um único ferido.

Por essa altura já a rainha, guardada por muitos guerreiros e pelos fidalgos mais poderosos do reino, se havia esgueirado até ao rio, através da noite, furtando-se ao cerco. Deixei-me ficar para trás, cuidando dos feridos, e assim pude assistir ao ataque à catapulta e ao brutal despertar dos portugueses. Não demorou para que uma chuva de flechas caísse sobre nós. Escutei os gritos do lado de lá:

— Traidor! Traidor!

As flechas não me atingiram. Os gritos, sim.

Muxima adivinhou o meu estado. Pousou a pequena mão no meu peito. Guardei-a entre as minhas. Estávamos assim, como que imóveis na larga torrente do tempo, quando nos interrompeu Domingos Vaz. Tínhamos de partir. A rainha aguardava por nós na margem do rio. Disse-lhe que não, que ficaria ali, zelando pelos feridos e pelos doentes, cuidando das mulheres e das crianças, tanto mais que era apenas um padre, não um combatente, e só iria atrasar a marcha dos fugitivos. Não me deu ouvidos. Dois jagas empurraram-me. Outros dois afastaram Muxima. Perdi-a na confusão de gente que se movia, uns fugindo das flechas e azagaias que cruzavam o ar, outros lançando--se para diante, a defender os muros. Quando dei por mim corria na escuridão, atrás dos jagas, como se estivesse saltando para a boca voraz da própria noite. Sentia o cheiro quente da pólvora e dos corpos suados, escutava o troar dos tiros, o ruído dos ferros se chocando, os gemidos dos feridos, os gritos dos quilambas esforçando-se por reorganizar os seus esquadrões, mas tudo aquilo chegava até aos meus sentidos como se eu fosse um outro ou o fantasma entorpecido e ofegante de mim. Recordo uma canoa no rio, a escura vertigem das águas. Depois, do outro lado, uma massa de gente respirando o mesmo ar de algas. Em algum momento desfaleci.

Despertei, estendido numa tipoia, com os raios do sol bailando sobre o meu rosto. Vi que nos achávamos em um alto palhagal. Eram aquelas palhas – ou capins, como lhes chamam os índios do meu país – tão crescidas e tão viçosas que os homens, mesmo os mais taludos, desapareciam dentro delas. Eu via o verde das palhas ondulando como um mar, via as bandeiras e as divisas flutuando, rubras e amarelas, sobre a palha verde, mas não distinguia os homens que as levavam.

Por instantes ocorreu-me que me transportavam anjos rumo ao Paraíso. Não me sentia morto, é certo, apenas cansado e confuso, mas como saber o que sente um morto? Talvez aquele mesmo cansaço e desorientação que eu sentia.

Então paramos e eu vi abrir-se adiante um profundíssimo despenhadeiro. Os escravos que me transportavam pousaram a liteira. Domingos Vaz surgiu ao meu lado, abrindo caminho através do capim. Quis saber se havia repousado. Percebi estar ele em muito pior estado do que eu. Ardia de febre e suava muito.

— Onde estão todos? — perguntei. — Onde está a rainha?

Domingos Vaz mostrou-me, alguns pés abaixo, um grupo de homens amarrando às árvores uma espécie de cipós, como aqueles que se encontram nas matas do Brasil, fortes o suficiente para suportarem o peso de um boi. No caso não levavam bois, mas gente de guerra e as suas armas. Distingui, muito ao fundo, um formigueiro humano. Pelas flâmulas que erguiam – grandes leques feitos de penas de pavão – compreendi que a Ginga já descera. As penas de pavão são usadas como insígnia real nas batalhas, festas e ajuntamentos. Centenas de pavões são criados em cercados, próximos aos paços da rainha, apenas para tal fim. Pavões são "minquisi" (plural de "n'quisi", encantamento) reais. Aos pavões também chamam os ambundos "n'gila n'quisi", pássaros-magos, ou pássaros do encantamento.

Perguntei a Domingos Vaz o que acontecera com a sua família e restantes mulheres e crianças. Sossegou-me, assegurando que vinham atrás. Encarou-me com gravidade:

— Estou doente — disse. — Estou com bexigas. Se os outros percebem matam-me. Morrerei de qualquer forma. Vou deixar-me cair dessas árvores. Não irão procurar por mim. Não há tempo para isso.

Tentei dissuadi-lo. Muita gente sobrevive às bexigas. Domingos argumentou, com razão, que mal lhe surgissem no rosto os primeiros sinais da infame maleita logo o degolariam. Nem o importante estatuto de língua lhe valeria de muito. Preferia deixar-se cair. Talvez sobrevivesse à queda, e depois às bexigas. Talvez sobrevivesse à fome e às feras. Fez-me prometer que cuidaria dos seus três filhos pequenos e também de Muxima, a mulher mais jovem, pois bem percebera que eu lhe tinha grande afeto. Quis abraçá-lo. Não me deixou. Vi como o amarravam a um daqueles cipós. Vi-o cair, a meio da jornada, desaparecendo, sem um grito, entre o verde cerrado da floresta.

CAPÍTULO TERCEIRO

A incrível mas verdadeira história de Cipriano Gaivoto e de como este se transformou em Abdullah, *o Mouro*. Neste capítulo se lança também um olhar à extraordinária coleção de esposas da rainha Ginga e se dá notícia do seu casamento com o poderoso soba dos jagas.

1

Naqueles primeiros dias de fuga, percorrendo os sertões numa deriva cega, sofrendo de fome e de sede, e sem o apoio de Domingos Vaz para me ajudar na compreensão do que se passava em redor, voltei-me para o português, de seu nome Cipriano, ou Abdullah, *o Mouro*, de que vos falei atrás.

Cipriano nasceu em Évora. Ainda jovem caiu em desgraça junto ao Tribunal do Santo Ofício, acusado de manter comércio infame com demônios súcubos, entre muitos outros pecados, heresias e blasfêmias. Sujeito a tormentos, confessou todos os seus crimes, dos quais se mostrou muito arrependido, sendo enviado para as galés por cinco anos.

Teria morrido acorrentado aos remos, como tantos outros, comendo dois punhados de biscoitos negros uma vez por dia, e apanhando açoites no lombo mais do que comendo, todo o seu mundo reduzido a quatro palmos de banco. Felizmente (para ele) deu-se o caso de a galé em que servia ter sido aprisionada por piratas mouros ao largo de Lanzarote.

Escravo dos mouros, foi tratado com mais humanidade, ainda a bordo, do que fora como penitente nas galés dos cristãos. Os mouros davam aos prisioneiros a comida de que eles mesmos se serviam, arroz e trigo cozido, azeitonas, queijo, além de passas, que é um alimento muito bom para quem viaja no mar.

Foi vendido em Argel a um fabricante de lentes, ocupando-se no polimento destas. Vivendo entre a mouraria não lhe custou fazer-se turco, isto é, renegar a fé em Cristo, que, de resto, tanto mal lhe fizera, convertendo-se à de Maomé. Ao vê-lo muçulmano, o seu senhor libertou-o, prática que me dizem ser comum entre alguns nobres mouros, aos quais repugna escravizar homens de idêntica fé. O português mudou o nome para Abdullah, casou com uma etíope, chamada Aícha, que lhe deu cinco filhos, e pouco a pouco foi-se esquecendo de Évora e de toda a vida passada. Era já inteiramente mouro, e começara a enriquecer, quando tomou a decisão de abandonar a família e partir para Zanzibar, vendendo armas e comprando escravos. Este ofício o trouxe por trabalhosos caminhos até Angola, tornando-se figura importante no Reino do Dongo, primeiro, em razão das muitas armas de fogo que vendia, além de panos finos, vindos da China, espelhos e outros produtos; segundo, como hábil conselheiro e informador.

Cipriano era muito prático em várias línguas africanas, em particular o quicongo e o quimbundo. Em árabe, assegurou-me, discorria com tanta fluência quanto em português.

Como nunca o visse de joelhos, orando, como os mouros, perguntei-lhe se havia também arrenegado a Alá. Olhou-me num grande espanto. Depois riu-se. Ali naqueles matos, tão longe de Roma quanto de Meca, podia dizer-me sem receio o que pensava de Deus, o Deus dos cristãos, o Deus dos mouros, o Deus dos judeus, que era, afinal, o mesmo único e irado Deus. E o que pensava ele?

Ainda hoje, tão distante desse tempo, e tão próximo agora do pensamento de Cipriano, me custa a crer no que então me disse. Na altura olhei-o aterrorizado. Estava habituado às blasfêmias jocosas dos marinheiros, dos soldados e dos rústicos em geral. Contudo, nunca ouvira nada assim. O português era um bruto inteligente – que são, tantas vezes, os brutos mais brutos. Contudo, era capaz também de palavras sonhadoras, como um jovem poeta apaixonado. Adivinhou a confusão que me ia na alma, o tormento de me achar tão dividido entre a fé em

Cristo e um amor contra Deus e contra a lei, por um lado, e, por outro, entre a bandeira de Portugal e a causa justa, porém inimiga, da rainha Ginga. Tratou de aprofundar essa minha confusão, enredando-me em argumentos que, sendo por vezes escabrosos, tinham a perfeição certeira das coisas mais simples. Anos mais tarde encontrei alguns desses argumentos nos trabalhos de grandes gnósticos e heresiarcas e surpreendi-me com o fato de já não me surpreenderem.

Cipriano defendia, como Valentino de Alexandria e outros panteístas, que tudo o que existe é Deus, incluindo cada homem e cada pedra, e que esse Deus que somos todos não é nem bom nem mau, ou é tudo isso sem distinção e alheadamente. "Deus", disse-me Cipriano, "é o que somos dormindo. Todas as coisas têm o seu Deus", acrescentou. "Estamos cercados por Eles."

Fiquei durante muito tempo pensando naquilo. Imaginando cada homem, cada ser, segregando o seu próprio Deus a partir de algum órgão escondido sob a pele da alma: o grave Deus das corujas. O hábil Deus das cobras. O Deus generoso dos quintais. O Deus traiçoeiro das adagas. O Deus zebrado das zebras. O Deus tagarela dos corvos e dos advogados. O humilde Deus dos pardais. O Deus insalubre dos pântanos. O Deus cabisbaixo dos canalhas. O pálido Deus das osgas. O rápido Deus das tormentas. O líquido Deus dos peixes. O áspero Deus dos sertões. O cálido Deus das praias. O ressequido Deus dos catos. O esquivo Deus dos jaguares. O Deus perfumado dos jasmins.

Durante aqueles dias de angústia e de cerco, desgarrado entre uma natureza feroz e gente cuja língua e costumes me eram estranhos, tive muito tempo para pensar em Deus. E quanto mais pensava, mais a dúvida me atormentava.

Fui perdendo a fé ao mesmo tempo que me via apartado do meu amor. Ao segundo dia de fuga, depois de termos saltado aqueles profundíssimos despenhadeiros, suspensos em cipós, perguntei a Cipriano o que acontecera às mulheres e às crianças. O português, um dos poucos que viajava a cavalo, indo e vindo entre a cabeça da tropa e a sua retaguarda, dando instruções e trocando notícias, disse-me que toda aquela gente, ou quase toda, fora capturada pela guerra preta. Entre os cativos contavam-se as duas irmãs da Ginga, a doce Mocambo e a valente Quifungi. Vendo a minha aflição aproximou-se da liteira onde eu seguia e acrescentou que também Muxima caíra nas mãos dos nossos perseguidores. Ela e as duas esposas mais velhas de Domingos Vaz, e os filhos delas. Quis saber o que iria acontecer-lhes. Cipriano pareceu condoer-se de mim. Disse-me que seriam levados para Luanda e repartidos pelos senhores de escravos. Mocambo, Quifungi e outras senhoras de sangue real receberiam, com toda a certeza, um tratamento ajustado à sua elevada posição. O governador iria querer mantê-las de boa saúde, como exemplo da benevolência dos portugueses, e porque poderiam ser-lhe úteis para negociar a paz com a rainha Ginga. Era impossível saber o que aconteceria a Muxima. Seria, talvez, vendida como escrava para o Brasil.

Aquela terrível notícia acirrou a minha crise de fé. Recusava-me a cultuar um Deus que eu sentia, senão como obreiro, ao menos como cúmplice de tantas e tão cruéis perversidades. Em pensamento escutava a suave reprovação dos meus velhos mestres. Voltava a sentir o perfume do incenso e da cera derretida. Deus dera ao homem o livre-arbítrio, ouvia-os repetir. O Mal não era uma criação Dele. O Senhor Deus, na sua infinita generosidade, criou um ser livre, capaz de escolher, de forma consciente, os seus próprios caminhos. O homem pode optar entre o Bem, que é uma emanação de Deus, ou o Mal, que é a ausência do Bem. Sim, eu conhecia todas aquelas teses. Lera e relera *A Cidade de Deus*, de Santo Agostinho de Hipona, o africano, nascido naquelas mesmas terras de mouros e berberes nas quais Cipriano fora escravo. Começava a intuir, contudo, que para salvar Deus, para o inocentar enquanto criador do Mal, Santo Agostinho condenava a Humanidade. Na opinião dele as crianças herdaram o pecado de nosso pai Adão. Aquelas que não forem batizadas hão de arder para sempre nas chamas do Inferno.

2

No ar sem brilho estalava o chamado dos grilos. Por sobre nós debruçava-se essa estação turva, de madrugadas frias, a que em Angola se chama cacimbo. Eu acordava e levantava-me, e ia fazer o que fazem os vivos, comer, beber, tratar do corpo, como se ainda estivesse a dormir. Os portugueses haviam desistido de nos perseguir. O quilombo reorganizava-se. Sentia-se em toda a gente o desânimo pesado da derrota, um sentimento escuro, uma amargura que parecia contaminar as árvores, as pedras, a triste paisagem.

Tudo o que mancha se desmancha, disse-me Cipriano, assim os velhos e a sua pele cansada, ou os pesados canhões de ferro ardendo em ferrugem. Mostrou-me o rosto e as mãos, cheios de pintas escuras, ao mesmo tempo que se queixava da perna direita, que mal conseguia mover.

Uma turba apática girava em redor. Muitos haviam perdido as mulheres e os filhos. Não creio que amassem a rainha. Seguiam-na por medo e por desventura, que é como em geral os pequenos seguem os grandes.

Ao terceiro mês após a fuga, a rainha mandou-me chamar. Achei-a mais magra, mas não desfalecida, muito pelo contrário. Parecia que haviam acendido uma fogueira dentro do seu parco peito. Era quase bela, assim, iluminada por uma justa ira. Mostrou-me uma carta que um mensageiro acabara de lhe entregar. Fora escrita pelo governador. Li-a, em voz pausada, assustado e envergonhado com o que ia lendo, e depois Cipriano traduziu-a para quimbundo. O governador exigia a rendição da Ginga. Deveria prestar vassalagem a Portugal, mostrando arrependimento. Deveria ainda prescindir de todos os direitos sobre Ambaca, cujo presídio ali se manteria, e comprometer-se a fornecer a cada ano uma certa quantidade de peças (escravos), cujo número já não recordo, senão que me pareceu absurdo. O penúltimo parágrafo citava o meu nome. O governador exigia que o padre Francisco José da Santa Cruz, notório traidor, herético e relapso, lhe fosse entregue para ser julgado pelos muitos crimes cometidos em Angola. Cumpridas todas estas exigências, os portugueses restituiriam as irmãs e mais família da Ginga, devolvendo-lhe além disso o título de rei do Dongo. Ela que não se preocupasse com as duas irmãs e respectivas mucamas pois as recebera em Luanda com todas as mercês, estando alojadas naquela grande casa do senhor Rodrigo de Araújo, onde a Ginga também ficara na visita a Luanda. O governador acrescentava que o título de rei do Dongo cabia agora a Ngola Hari, meio-irmão de Hari diá Quiluange, cuja eleição fora testemunhada e abençoada pelos padres jesuítas António Machado e Francisco Paccónio.

    A rainha escutou num grave silêncio. Os macotas, ao lado dela, tremiam de pavor. Eu próprio tive de prender uma mão na outra para que ninguém se apercebesse da minha inquietação. A Ginga riu-se. Olhou para o céu, acima dos ramos do pau de mulemba sob o qual nos assentáramos.

    — Mesmo a almofada mais linda, por dentro são só trapos sujos — murmurou em quimbundo.

    Como os sobas velhos, como os sábios africanos em geral, a Ginga gostava de citar provérbios, parábolas e contos de criação popular, ainda que a mim muitos parecessem obscuros.

    Redigi uma resposta sarcástica. A rainha não se tinha por vassala de ninguém, muito menos de um soberano remoto que ela nunca vira. Agradecia a cortesia com que o governador recebera as irmãs, ainda que para aliviar a Fazenda Real seria melhor devolvê-las a casa. Ela, Ginga, haveria também de tratar com cortesia semelhante os portugueses que fosse encontrando em seu reino, soldados, sacerdotes ou simples comerciantes.

3

O casamento entre a rainha Ginga e o poderoso Soba dos Jagas, Caza Cangola, não surpreendeu ninguém. Ao casar-se, a Ginga selava uma aliança que lhe permitia fazer frente aos portugueses e seus aliados, ganhando o estatuto de tembanza, ou governadora, daquele jagado.

Caza era um homem alto, sólido, couraçado como uma abada, ou unicórnio, animal que hoje alguns doutos preferem chamar rinoceronte. O peito, pintado de vermelho e de branco, e largo e duro como um escudo, estava coberto de ásperas cicatrizes, sinais das muitas pelejas em que andara envolvido desde tenra idade. Vestia um saiote confeccionado a partir de fibra de palmeira, tão fino quanto a mais fina seda, e trazia o cabelo longo, pelas costas, todo ele bordado com pequenas conchas e outros enfeites.

Ouvi contar sobre ele histórias, as mais extraordinárias, com as quais, em redor das fogueiras, os velhos assustavam os rapazes.

Dizem que, como todos os jagas, enterrava os filhos recém-nascidos ou dava-os de comer às feras.

Os jagas criam como se fossem seus os meninos sequestrados durante as conquistas e saques. A estes meninos, assim que ganham os dentes definitivos, os quimbandas arrancam os da frente, com um pau, e isto é verdade porque eu próprio assisti a tal.

Dizem que matam os próprios filhos para não criarem laços de sangue que os prendam a um lugar e, ao mesmo tempo, na intenção de romper com a tirania das linhagens. Dizem que os jagas se alimentam dos cadáveres dos inimigos, tanto pelo prazer da carne, quanto por acreditarem que tal perversão lhes couraça o corpo nas batalhas. Também os jagas de coração fraco, que se acobardam na peleja, são mortos e comidos.

Dizem que para dormir o jaga Caza se enrolava em cobras, e com esse proceder era capaz de se introduzir nos sonhos dos desavindos, adivinhando as armadilhas que lhe preparavam e antecipando-se a elas.

Dizem que de noite se transformava num leão, às vezes em mais do que um ao mesmo tempo, e que, sob essa aparência múltipla, ágil e perigosa, corria os sertões, fazendo muita carnificina.

Dizem que comandava as nuvens nos céus, da mesma forma e com a mesma autoridade com que em terra dirigia os seus exércitos. Dispunha as nuvens como batalhões e as fazia ir dali para acolá, e lhes comunicava em que pedaço de terra deveriam largar as suas boas águas.

Se acaso decorressem meses sem chover, o gentio se juntava e ia em peregrinação fazer oferendas ao Caza Cangola, implorando-lhe que ordenasse a descida das águas. O rei fazia isso ele próprio, ou delegava a magia em quimbandas adestrados para o efeito, aos quais chamam "nganga diá nvula", ou sacerdotes da chuva.

Dizem que ele e os seus homens eram capazes de comunicar uns com os outros, em meio ao mais denso palhagal, imitando os cantos dos pássaros, de forma que as tropas contrárias só se apercebiam deles quando já os tinham em cima.

Dizem que herdara do pai uma buzina mágica, a qual, quando soprada nos campos de batalha, deixava os inimigos paralisados, incapazes de mover um braço, de bulir uma perna, e então ele mesmo os ia degolando, um a um, arrancando aquelas aterrorizadas cabeças como quem colhe abóboras.

Dizem que nutria um grande fascínio por mulheres prenhas, com as quais se deitava, matando os maridos que se opusessem à sua fera vontade.

Muitos destes murmúrios eram falsos, como comprovei ao longo da minha estada entre os jagas. Suponho que o próprio Caza os ajudava a espalhar, pois nada favorece tanto um cabo de guerra quanto a lenda da sua crueldade.

Muitos anos após os eventos que agora estou narrando, li o testemunho de um inglês, de seu nome Andrew Battel, que viveu longos meses entre os jagas. Battel descreve-os como os maiores devoradores de carne humana do mundo. Numa cidade cercada por paus de mbonde, ou imbondeiros, como alguns também lhes chamam, que são umas árvores espaçosas como casas, encontrou um grande ídolo, aos pés do qual os jagas depositavam as caveiras dos inimigos. A esse ídolo, a que chamavam "quizango", sacrificavam crianças e bodes. Battel afirma ter assistido a terríveis festas, nas quais os jagas dançavam, bebiam um fresco álcool indígena, feito da seiva das palmeiras, ao qual chamam marufo, e comiam carne humana. Eu só os vi beber marufo, que consomem aos litros – secando os palmares por onde passam –, nunca os vi praticar sacrifícios humanos e muito menos devorar carne de gente.

O que levou a rainha a casar-se com Caza Cangola? Já o disse antes: convinha-lhe o poder e a audácia dos jagas. O que levou o belicoso soba a aceitá-la como esposa é mais difícil de compreender: talvez o amor.

Creio que o velho jaga se deixou encantar por aquela mulher que se batia de armas na mão, tão viril quanto o homem mais macho. Uma mulher que nunca se vergava; que não tinha amo nem Deus. Uma mulher que conhecia as artes da guerra, as suas armadilhas e danações, e que ao debater com os seus macotas pensava melhor do que o melhor estratego, pois, sabendo cogitar como um homem, possuía ainda a seu favor a subtil astúcia de Eva.

O forte jaga entregou-se a ela. Depositou-lhe aos pés nus um exército de muitos milhares de arqueiros, besteiros e mosqueteiros, além de um sem-número de gente de infantaria. Homens afeitos à violência, sem medo de coisa alguma, e capazes de caminhar debaixo do sol durante três dias, sem comer e quase sem beber.

Acenderam-se fogueiras nos arraiais. Veio gente de longe trazendo marimbas, chocalhos, pandeiros e violas da terra. Assaram-se bois e carne de caça. Correu muito vinho, legítimo vinho português, além de marufo.

Enquanto toda aquela gente festejava, eu afastei-me. A minha tristeza não se concertava com o espírito da maioria. Em determinada altura, naquela minha absorta e minúscula deriva pelos bairros mais sombrios do quilombo, fui atraído por uma soma de gritos e miados. Avancei, a medo, em direção a tal alarido. Ultrapassei a banza real e cheguei por fim ao cercado dos pavões. O ruído vinha dali. Os grandes pássaros gritavam uns com os outros em agudos e prolongados ais.

Dei com uma mulher, postada à ombreira do cercado, imóvel e alheia. Aproximei-me. A Lua brilhava na noite, como um redondo rasgão aberto numa tenda de couro, iluminada por dentro. Descia dela uma luz macia, esparsa, que mal deixava distinguir as formas. Só quando estava a poucos passos percebi o engano. A mulher era um homem. Julguei, na confusão do primeiro instante, haver tropeçado num nganga diá quimbanda, ou sacerdote do sacrifício. A singular personagem, porém, não trazia a longa e desarrumada gadelha que é apanágio daquela classe de bruxos. Pelo contrário, ostentava uma alta, habilidosa e perfumada cabeleira de mulher. No rosto, muito bem raspado, de traços perfeitos, havia um vago sorriso de troça. Cumprimentei-o em quimbundo, tentando esconder o susto de o encontrar ali: um homem vestido de mulher, guardando aves mágicas. O meu pobre quimbundo fê-lo abrir o sorriso um pouco mais. Nesse tempo eu ainda não falava com fluência a língua do país, tropeçando a cada palavra, mas já era capaz de manter uma pequena conversa.

O homem disse chamar-se Samba N'Zila e ser uma das esposas do rei. Tive um outro momento de perturbação, que logo ele compreendeu, pois, voltando a sorrir, acrescentou:

— O rei, a Ginga.

Domingos Vaz havia-me dito que a rainha mantinha um serralho, à maneira dos sultões turcos, colecionando fidalgos da sua corte, aos quais obrigava a trajar como se fossem fêmeas. Na altura não lhe dei crédito. Samba N'Zila confirmou tudo o que o tandala me confidenciara. Perguntei-lhe o que sucederia às esposas da Ginga agora que ela se casara com o soba dos jagas. Mostrou-se um pouco inquieto. Não sabia. Nada deveria mudar. O rei continuaria a dispor das suas mulheres. O jaga teria de aceitar isso.

E ele – o jaga – teria de se vestir também como uma fêmea? Samba N'Zila riu-se com vontade. Não. Caza Cangola nunca aceitaria tal humilhação.

Então por que a aceitavam os fidalgos ambundos?

Olhou-me sombrio:

— Para comer o fígado da formiga é necessário saber esquartejar. — Estranhei a observação. Ficou em silêncio um largo momento, olhando a Lua. Quando pensei que não fosse dizer mais nada, voltou a falar. — A ferida alheia se sente pelo mau cheiro, não pela dor.

4

Decorreram meses. Certa manhã Cipriano veio ver-me. Estivera ausente, em viagem, no Reino do Congo, ou para lá do Reino do Congo, comerciando com mouros. Trazia-me um presente. Livros. Entre estes um curioso volume, *Tratado em Louvor das Mulheres*, do físico português Cristóvão da Costa, *o Africano*. Eu conhecia do mesmo autor um outro livro, muito mais afamado, o *Tratado das Drogas e Medicinas das Índias Orientais*. O mulato Cristóvão da Costa nasceu nas ilhas de Cabo Verde, em 1525, e correu o mundo, como homem livre e como escravo, tendo padecido inúmeros tormentos, ao mesmo tempo que exercia o seu ofício, com reconhecido valor, em Goa, em Malabar e em Cochim. Finalmente fixou-se em Burgos, tendo sido nomeado pelo senado da cidade para ocupar o cargo de médico dos pobres.

No seu *Tratado em Louvor das Mulheres*, Cristóvão da Costa exalta as filhas de Eva, lembrando as mais sábias e também as mais guerreiras, mulheres de armas que ao longo da história se bateram tão bem ou melhor que os homens mais valentes. Entre estas, cita as mulheres da Lacedemônia, que eram adestradas para a guerra, a partir dos sete anos de idade.

Cristóvão da Costa teria acrescentado ao seu livro, caso a tivesse conhecido, o nome de Dona Ana de Sousa.

Lendo aquele pequeno volume lembrei-me, a propósito das mulheres da Lacedemônia, de como eram cruéis e tão semelhantes aos dos jagas os usos e costumes daquele histórico povo. Os esparciatas, filhos de pai e mãe espartanos, e os únicos que possuíam direitos políticos na Lacedemônia, também educavam as crianças para a guerra. Os esparciatas espancavam os filhos para os fortalecerem. Os jagas também. Os esparciatas incentivavam os rapazes a roubar comida. Se fossem apanhados seriam castigados, não pelo roubo em si, mas por se terem deixado capturar. Também os jagas incentivam os filhos a roubar gado e outros bens. Os jagas oferecem sacrifícios humanos ao seu quisango. Os esparciatas cultuavam uma estátua em madeira da deusa Ártemis, a qual cobriam com sangue humano. Nos tempos mais antigos sorteavam uma vítima. Mais tarde passaram a chicotear meninos no altar da deusa.

Os esparciatas organizavam a cada ano um jogo diabólico, cujo objetivo consistia em caçar e matar o maior número de escravos, os hilotas. Com isso pretendiam controlar as revoltas de escravos. Os jagas praticam horrores semelhantes com os povos das restantes nações que atravessam.

Entre os jagas não parece ser grande crime uma mulher trair o marido. As mulheres casadas podem receber outros homens em casa, consumando com eles relação carnal, desde que entreguem aos maridos os frutos das suas traições. As mulheres esparciatas eram livres de se deitarem com os homens que quisessem. Os filhos resultantes dessas uniões seriam também eles atribuídos ao marido.

As mulheres esparciatas concebiam o primeiro filho de um escravo adestrado para o coito. Tal escravo, muito bem tratado, empregue na ginástica exclusiva do amor, era degolado assim que completasse os trinta anos. Para além dessa idade a sua semente já não servia, o que é tanto mais absurdo sabendo-se que os filhos resultantes das relações com o escravo sofriam destino idêntico ao do progenitor. Após o primeiro filho as jovens mulheres ficavam disponíveis para casar e assegurar descendência. Os jagas, esses, nunca foram tão longe nos seus desvarios e iniquidades.

A páginas tantas da sua obra, Cristóvão da Costa discute a matéria de que são constituídas as mulheres. Então escreve: "Quanto mais matéria têm as formas menos têm de perfeição, e quanto mais apartadas da matéria, tanto mais perfeitas são".

A frase devolveu-me Muxima ao pensamento. Vi-a ali, à minha frente, sentada na esteira, encarando-me com os seus grandes olhos negros. Muxima comprovava a observação do físico. Parecia-me feita mais de luz do que de matéria. A carne, tão firme, fora-lhe dada na porção justa para a tornar convincente. Um pouco menos de carne, um pouco mais de luz, e não seria deste mundo. Voltei a vê-la soltar o pano, as aves deslumbradas cercando-lhe a cintura, voltei a vê-la subir para a rede e juntar-se a mim.

Estava mergulhado neste devaneio quando vi chegar Cacusso, montado num nervoso alazão árabe. O animal fazia parte de um lote de quinze cavalos que Cipriano comprara durante a última viagem. Cacusso não montava bem, mas mantinha-se na sela, o que me impressionou muito, pois não fora criado entre cavalos. O jovem saltou do alazão e cumprimentou-me com alegria. Trazia-me notícias. Mandei-o entrar em minha casa. Contou-me que um escravo fugido de Luanda, e que chegara ao quilombo nessa mesma manhã, estivera com as irmãs da Ginga. Este escravo, de nome Pedro, servira durante vinte anos na grande casa de Rodrigo de Araújo, onde haviam sido agasalhadas Mocambo e Quifungi.

Disse que gostaria de o conhecer. Ao final da tarde Cacusso reapareceu, a trote, trazendo na garupa um velho frágil, porém desempenado, com uma longa e cerrada barba cor de cinza. Pedro falava português com a desenvoltura de um lente. Contou que as duas fidalgas gozavam de boa saúde. Passeavam-se pela cidade, alvoroçando as ruas com os guizos e os risos das suas mucamas. Eram com frequência convidadas a visitar os solares dos poderosos.

O governador gostava de as mostrar aos visitantes estrangeiros, como os imperadores romanos faziam com os reis bárbaros que aprisionavam, embora não em gaiolas, ao modo rude daqueles, senão que muito bem sentadas em macios almofadões de seda.

Perguntei-lhe se sabia alguma coisa da família de Domingos Vaz. Sorriu, como se adivinhasse o meu interesse. As mulheres e filhos do tandala haviam sido vendidos a diferentes proprietários. A mais jovem ficara em Luanda, não como escrava, mas sob proteção de uma rica senhora, dona Marcelina Teixeira de Mendonça, conhecida na língua da terra como Nga Mutúdi – a Viúva. Dona Marcelina possuía vários prédios e arimos, em Luanda e nas cercanias da cidade, dezenas de quitandeiras ao seu serviço, e negócios no Brasil e em Portugal. Cinco vezes viúva, sem filhos, exercitava a sua fortuna com mão de ferro, inteligência e muita parcimônia. Os poderosos temiam-na. Os escravos amavam-na, porque a todos tratava com aquela mesma brandura que Cristo reservava para os mais desvalidos.

Pedro fez uma pausa no seu relato. Mirou-me, curioso, os olhos reluzindo de troça:

— O senhor é o padre, não é? Os brancos estão irados consigo. Alguns querem queimá-lo e esses são os que mais o amam.

Atrás da minha casa cresciam altos pés de papaia. Mais atrás erguia-se uma pedra imensa. Eu gostava de me estender numa rede, olhando os pés de papaia, olhando a pedra e, acima da pedra, as nuvens correndo no céu. Além do azul não havia nada. Era o vazio infinito.

Hoje, ainda sinto uma vaga saudade de Deus sempre que me lembro daqueles pés de papaia. Saudade de um mundo amparado pela presença de um pai. Viver sem Deus é uma responsabilidade muito grande, mas, como qualquer responsabilidade, faz-nos crescer.

Perguntei a Pedro por que fugira. Na idade dele estaria mais confortável na casa do seu senhor. O velho riu-se. A liberdade, explicou--me: queria morrer em liberdade.

Em alemão liberdade diz-se "freiheit". Vem de "frei-hals" (*frei hals*), que significa "pescoço livre". Liberdade é viver sem o peso de uma cadeia de ferro ao pescoço.

Deus fora, durante aqueles anos, a minha cadeia de ferro ao pescoço.

Todo o meu pensamento estava ocupado com Muxima. Revoltava-me sabê-la em Luanda contra vontade. Sossegava-me, contudo, a ideia de que estava sob proteção de uma senhora forte e caridosa. Não obstante, passava os dias concebendo tortuosas estratégias para entrar na cidade e resgatá-la. Adormecia e sonhava com outras estratégias.

Numa tarde de sol ganhei coragem e fui à procura de Cipriano. Encontrei-o ocupado a desenhar uns óculos para ver à distância. Aprendera entre os mouros a polir e a montar lentes, e era isso que mais gostava de fazer. Convidou-me a beber café. Hoje, no Brasil, já vai sendo moda beber café e há até quem o cultive. Naquela época, contudo, o café ainda não era conhecido nas Américas. Portanto, a primeira vez que provei café foi ali, naquela ocasião, no quilombo da Ginga. Uma escrava moura, de grande beleza, que Cipriano trouxera de Zanzibar, preparou-nos a bebida. Cipriano disse-me, distraído, que já esperava por mim havia algum tempo. Sabia o que eu buscava. Entrar em Luanda parecia-lhe uma loucura. Pousou a xícara e ofereceu-me um largo sorriso.

— Estou velho — disse-me. — Nesta altura da minha vida já só a loucura me entusiasma. Ah! A loucura que o amor inflama. Pensei numa maneira de entrar em Luanda sem despertar grandes suspeitas. Tenho tudo pronto, meu amigo, iremos juntos.

CAPÍTULO QUARTO

Mais uma metamorfose: o narrador desta história, Francisco José da Santa Cruz, transforma-se em Melchior, *o Cigano*, juntando-se a uma arriscadíssima e imprevista aventura.

Naquela época Luanda estava cheia de ciganos, ou egípcios, como lhes chamam os ingleses. É uma gente alegre, trocista, sem raízes em parte alguma. A paixão deles pela errância assusta a sociedade, do mesmo modo que a todos assusta a deriva dos jagas. Diz-se que foram condenados a viver assim, sem um chão ao qual possam chamar seu, por terem recusado agasalho a José, a Maria e ao Divino Infante quando estes peregrinavam pelo Egito.

A Igreja sempre os condenou, acusando-os de mandriões, embusteiros, supersticiosos, dados à cartomancia e à magia. Também são acusados de terem parte com o Diabo e de se banquetearem com carne humana. Em alguns países da Europa Central, os poderosos fizeram deles escravos e tratam-nos como no Brasil tratamos nós os negros. Noutros caçam-nos como animais, cortam-lhes as orelhas, usam das fêmeas a seu bel-prazer.

Os ciganos portugueses e espanhóis têm sido degredados aos magotes para as Áfricas e as Américas. No Brasil alguns vêm acumulando certa fortuna, alcançando notoriedade e até mesmo o respeito geral através do comércio de escravos. Os que estão em Angola só pensam em cruzar o Atlântico e enriquecer.

Cipriano fizera amizade com uma família destes ciganos, os quais, a partir de Luanda, se aventuravam nas suas carroças até às cercanias do Reino do Congo, para norte, e da Quissama, para sul. O chefe da família dava pelo nome de Lobo, alcunha que lhe assentava bem em razão da melena áspera, das patilhas espessas e dos olhos atentos e ferozes, que pareciam brilhar na escuridão. "A minha pátria é onde estão os meus pés", disse-me um dia, um dos primeiros dias que passei com eles, quando lhe perguntei se se sentia mais português ou espanhol, e também por isso – no espírito com que se movia – o achei semelhante a um lobo. Creio, porém, que ganhara tal alcunha por andar sempre acompanhado de uma bengala com um castão em prata, esculpido na forma de uma cabeça de lobo, em que os olhos eram dois belos rubis – como se o animal deitasse por eles chispas de lume.

A ideia de Cipriano era simples. Entraríamos em Luanda mascarados de ciganos. Teríamos depois de conseguir chegar à fala com Muxima, o que não deveria ser difícil, e antes que alguém desse pelo logro raptaríamos a jovem e fugiríamos com ela, de regresso ao quilombo. O Mouro tinha os seus próprios motivos para visitar a cidade, mas isso eu só vim a descobrir mais tarde – demasiado tarde.

Comuniquei à Ginga que pretendia acompanhar Cipriano numa viagem rápida ao Reino do Congo. A rainha não se opôs. Andava muito ocupada guerreando o soba Ngola Hari e outros potentados que se haviam entretanto aliado aos portugueses, ao mesmo tempo que fortalecia o quilombo, transformando-o na cabeça do reino. A nós não convinha publicitar empresa tão arriscada e tão falha de um propósito racional. Partimos em segredo, protegidos por uma dúzia de escravos e homens de confiança do Mouro. Ao fim de um mês de marcha, através de caminhos muito ruins, alcançamos a chamada Praia do Bispo, onde nos aguardava o cigano Lobo e a sua família.

Era de noite. A Lua flutuava sobre o mar. Os ciganos haviam acendido uma larga fogueira na areia da praia e dançavam junto às chamas, acompanhados pela impetuosa melodia de duas rabecas. Pararam a música assim que nos viram chegar. Os homens vieram ao nosso encontro, segurando mosquetes, enquanto as mulheres corriam a refugiar-se na maior das cinco carroças. Cipriano saltou da rede onde seguia – rindo às gargalhadas com o susto dos ciganos. Estes, reconhecendo-o, abriram os braços, soltando exclamações de alegria numa língua que me pareceu uma fresca paródia do espanhol. Pouco depois já ceávamos com eles umas perdizes assadas, as quais, com a fome que levava, me souberam como um mimo dos céus.

Lobo não estranhou o nosso pedido. Não fez perguntas. Deu instruções às mulheres, naquela geringonça festiva com que falam uns com os outros, para que escolhessem roupa que nos servisse. Não pude deixar de reparar numa das filhas. Trazia o cabelo apartado em duas fortes tranças negras, meio encoberto, com muita graça, por um lenço florido, colares de rubro coral ao pescoço e uma porção de outros prendendo à cintura um pano no mesmo tom. Sentou-se diante de mim, agitando o ar morno da noite com um grande leque. Olhava-me sem medo, sem pudor, como se eu não fosse um homem, mas um espetáculo.

— A Sula gostaria de lhe ler a mão — disse Lobo.

Hesitei, um instante, e era ainda o padre que persistia em mim – o devoto! – quem assim hesitava. Hoje posso rir desse tempo. Posso rir do terror que me incutiram no Colégio Real de Olinda, sobre o poder do Diabo, os seus mil rostos, armadilhas e tentações. O Demônio, diziam--nos os padres, opera através das quiromantes. Sopra-lhes aos ouvidos as respostas que entende mais acertadas para melhor roubar as almas de quem a elas se sujeita. Estendi a mão esquerda, um pouco trêmula, e Sula prendeu-a com firmeza entre as suas. Percorreu com o indicador direito o tumulto das dobras. Observou, muito séria, a linha da vida:

— Veja, está quebrada, Vossa Senhoria sofrerá uma maleita grave, ou então um acidente, um acidente terrível, que o deixará à beira da morte. Pode significar também uma grande mudança de vida. A linha da cabeça é bem vincada, mostra um homem determinado. Depois cai na direção do pulso. Um homem determinado, porém sonhador. Curiosa combinação. A linha do coração, ah, a linha do coração, segura, comprida, veja como culmina junto ao indicador, sinal de paixões fortes. Vossa Senhoria terá uma vida longa, muito, mesmo muito longa, guiada pelo amor de uma mulher.

Retirei a mão, assustado. Lobo riu-se. Disse-me que não tomasse a filha a sério. Ele próprio não permitia que ninguém lhe lesse o destino:

— Prefiro a cegueira dos rios — disse. — As águas que fluem sem saber em que praia irão desaguar.

Vestimos a roupa que as mulheres nos trouxeram. Elas mesmas nos entrançaram o cabelo e nos colocaram os lenços, as pulseiras de prata, os muitos adereços com que os ciganos gostam de se enfeitar. Quando terminaram, levaram-me até um enorme espelho veneziano, que veneravam como a uma joia, e era de fato uma joia, pelo valor e pela moldura de prata, toda trabalhada. A imagem no espelho mostrou-me um cigano jovem, bem-apessoado, que o meu próprio pai não teria reconhecido. As mulheres riam-se, divertidas com a transformação. Sula era a mais animada de todas.

Cipriano estava até mais convincente disfarçado de cigano do que com as habituais vestes de mouro. Diz o povo que o hábito não faz o monge. É falso. O monge resulta do hábito e do efeito que este provoca nos outros. Um monge é aquele a quem os outros tratam como tal. Continuei a ser padre, mesmo depois de ter perdido a fé, enquanto as pessoas acreditavam nisso – e porque as pessoas acreditavam nisso. Vestido de cigano, já os ciganos me tratavam como a um deles.

— Como o vamos chamar? — perguntou Sula. E logo ela própria me batizou: — Melchior, tem cara de Melchior. Vamos chamar-lhe Melchior Boa-Noite, porque tem cara de Melchior e a noite está bonita.

Bastaram-me três dias na pele de Melchior Boa-Noite para que começasse a sonhar com viagens. Após uma semana entre os ciganos, na véspera de entrarmos em Luanda, já eu falava um pouco de calon, que é o nome que eles mesmos dão ao idioma, ou geringonça, de que usam. Já dizia, referindo-me aos não ciganos, os gachós.

Entrei em Luanda conduzindo uma das carroças. Passei diante do convento dos irmãos franciscanos, onde ficara alojado aquando da minha primeira visita. Um dos frades, um ancião simpático, chamado Ambrósio, tomava sol na sacada. Acenei-lhe com a mão direita. Olhou-me, surpreendido pelo gesto, mas sem dar mostras de me reconhecer. Fez o sinal da cruz e reentrou no convento. Nessa noite acampamos num largo areal, ou musseque, como se diz em Angola, atrás da fortaleza. Alguns homens aproximaram-se, a coberto das sombras da noite, para que as ciganas lhes lessem a sina. Observei-os, sentado na penumbra, com as costas apoiadas a uma das carroças. Uns eram soldados, outros, com certeza, pequenos comerciantes, a maioria gente sem eira nem beira. Vinham à procura de conselho, ou de consolo, ou de ambas as coisas. Entregavam-se às mãos das ciganas, ou melhor, entregavam as suas mãos às ciganas, com uma fé absoluta. Nunca eu vira um cristão exibir tanta devoção na santa missa, nem sequer ao tomar a sagrada hóstia, quanto a que mostravam aqueles labregos no logro das ciganas. Cipriano, sentado ao meu lado, leu-me o pensamento. "O erro da Igreja foi ter inventado o Demônio", disse, e assim que o disse me lembrei do meu amigo Domingos Vaz – o que seria dele? –, o qual acreditava em impiedades semelhantes. Cipriano sorriu quando lhe contei isto. Comentou que Domingos tendia a repetir o que ele lhe dizia, mesmo compreendendo muito pouco do que ele lhe dizia. Domingos, concluiu, era o seu profeta.

Na opinião de Cipriano, a Igreja só conseguirá triunfar quando, ao invés de aterrorizar os homens com a feiura de Satanás, for capaz de os atrair com o fulgor dos anjos.

— Fui padre — respondi-lhe —, e nunca vi nem anjos nem demônios.

Cipriano fixou em mim os pequenos olhos trocistas. Contou que o pai trabalhara em jovem na construção do Mosteiro de Santa Maria de Belém:

— O meu pai esculpia demônios — explicou. — O Mosteiro de Santa Maria de Belém, como tantos outros lugares de culto e devoção, está cravado de demônios.

Ficou em silêncio um longo momento, não sei se a pensar no pai, se a pensar nos demônios.

— Passarás a vida inteira a fugir desse Deus — vaticinou por fim.

Encolhi os ombros. Deus não me assustava. O Diabo não me assustava. Só temia os homens.

Cipriano riu-se. Disse-me que às primeiras luzes enviaria um dos seus escravos a casa de dona Marcelina. O homem iria disfarçado de vendedor de hidromel. Mal conseguisse chegar à fala com Muxima dar-lhe-ia as indicações necessárias para que fosse ter conosco ao acampamento. Teríamos de ser rápidos e discretos, abandonando a cidade nessa mesma noite.

Prendi a minha rede às traves de duas das carroças, estendi-me nela, na diagonal, mas não consegui adormecer. Uma fogueira ardia no centro do acampamento. Fagulhas soltavam-se e ascendiam, bailando na escuridão, somando-se às altas estrelas. A fogueira apagou-se. A noite engoliu toda a luz. Sempre de olhos abertos, mas tão cego como se os tivesse cerrados, escutei à minha direita um leve roçar de panos. Uma mão pousou no meu peito nu. Uma voz feminina soprou ao meu ouvido:

— Essa mulher que queres resgatar, melhor farias se a esquecesses.

Uns lábios macios deslizaram pelo meu pescoço, pelos meus ombros, pelo meu peito assustado.

Vi a manhã acender a terra. Ou talvez fosse a terra, de tão vermelha, que estivesse acendendo a manhã. Lembro-me de que saltei da rede e recolhi alguma dessa areia. Guardei-a num frasco. Tenho-a comigo enquanto escrevo. Mergulho os dedos nela como num lume vago. Cheiro-a. A presença desta areia ajuda-me a escrever.

Procurei por Sula, mas não a achei. Tampouco achei Lobo ou Cipriano. Ninguém me soube dizer onde estavam. Passei a manhã inteira esforçando-me por controlar a angústia. Já o sol ia alto quando Cipriano entrou no acampamento. Avançou para mim em largas passadas. Pôs-me a mão no ombro, como se me amparasse.

— Muxima não quer voltar — disse-me. Olhei-o sem entender. — Ela não quer voltar — repetiu o velho. — Sente-se feliz em Luanda. Dona Marcelina fez dela dama de companhia. Ensinou-lhe a falar português e está agora a ensiná-la a ler. Tenta compreender, amigo, a moça tem mais vida aqui, mais vida e mais mundo, do que teria no mato.

Chamou o escravo que enviara a casa de dona Marcelina. Era um jovem de semblante severo, a quem chamavam Macota, não porque gozasse de tal dignidade, que nem anos de vida tinha para isso, mas sim por causa do seu discernimento e dignidade. Macota confirmou o que Cipriano já me dissera. Não vira Muxima. Encontrara, contudo, uma moça, sua parente, que lhe levara o recado e regressara instantes depois com a resposta.

— Quero falar com ela — murmurei.

— Parece-me justo — concedeu o português. — Não me parece é muito fácil.

Sugeriu duas ou três estratégias. Por fim, optamos pela mais simples. Ao final da tarde juntei-me a dois homens e cinco mulheres numa das carroças, e fomos descendo a Calçada dos Enforcados até alcançarmos um sólido e belo palacete, entre palmeiras, a pouca distância da praia. Cruzamos depois um portão largo, redondo, que dava acesso a um pátio interior. No centro do pátio erguia-se um pequeno pelourinho. Saltamos da carroça carregados de sedas, linhos, feltros, musselines, os luxuosos cetins que tanto sucesso faziam, e ainda fazem, nas mais ricas nações europeias, e em poucos minutos nos achamos cercados por dezenas de matronas, mucamas e escravas. O jovem Macota, que vinha comigo, não tardou a topar com a prima, correndo esta a alertar Muxima.

Minutos depois vi que uma velha me chamava com a mão, num gesto discreto. Afastei-me da turba e segui-a. Conduziu-me através de uma série de corredores até um pequeno quarto – e então vi-a. Muxima estava sentada junto a uma janela, segurando com ambas as mãos o ventre dilatado. Aproximei-me em silêncio e caí de joelhos aos pés dela.

— Sempre vieste — disse-me em português, acariciando-me o cabelo. — Tenho dito ao teu filho que virias.

Fiquei ali, naquela posição, um longo momento, incapaz de erguer os olhos.

— Vem comigo — pedi-lhe. Ela não respondeu. Chorava.

— Vossa Senhoria tem de ir — disse a velha que me trouxera. Ergui-me a custo e segui-a.

No acampamento ia um pé-de-vento. Erguiam-se as tendas. Arrumavam-se os utensílios de cozinha. Lobo comandava as operações. Cipriano veio ter comigo, também ele parecendo muito agitado.

— Bons olhos te vejam — disse-me. — Não conseguimos resgatar a tua amiga, mas em compensação levamos conosco duas princesas.

Olhei-o espantado — duas princesas?

Apontou para uma das carroças. Distingui o rosto furtivo de Mocambo, meio oculto atrás de uma pilha de tecidos, e no mesmo instante compreendi tudo. Aproximei-me para as cumprimentar. Mocambo distinguia-se pelo porte altivo, a graça com que se movia e uma doçura que a todos conquistava. Quifungi era o oposto dela, de feições rudes e natureza antipática. Possuía, porém, a mesma grande coragem e a comum lucidez da rainha. Mocambo mostrava-se assustada, ansiosa por sair de Luanda. Quifungi, ao contrário, estava muito calma – mas não queria ir.

— Devo ficar, posso ser mais útil a minha irmã permanecendo em Luanda.

Cipriano recusava-se a escutá-la. Recebera severas instruções da Ginga para trazer consigo as duas irmãs, e tencionava fazê-lo.

Quifungi buscou o meu auxílio. Ao longo daqueles meses em Luanda aprendera português. Aprendera a ler e a escrever. Vira e escutara muita coisa. Compreendera, por exemplo, que as diferentes nações europeias, tais como as diferentes nações africanas, se encontram divididas por rancores antigos, guerreando-se o tempo todo umas às outras. Compreendera que os portugueses ao se tornarem vassalos do Reino de Espanha haviam tomado de empréstimo os inimigos dos espanhóis, e que destes inimigos os mais poderosos eram os flamengos, ou mafulos.

— Para vencer os portugueses é preciso que nos tornemos amigos dos seus inimigos — disse-me.

Tentei explicar-lhe que os mafulos, embora se afirmem cristãos, ofendem Cristo, ao ofenderem o seu representante, o Papa. Logo desisti. Eu próprio já não acreditava no Papa, nem na Igreja, nem sequer em Jesus Cristo. Concordei com ela. Quifungi achava que poderia ser os olhos e os ouvidos da Ginga no coração do inimigo. Entregou-me um maço de cartas. Poderia continuar a escrever, enviando as suas observações para a irmã através de escravos em fuga. Disse-lhe que achava tal proposta muitíssimo arriscada. Quifungi manteve-se inflexível. Não iria.

Disse a Cipriano que não nos restava alternativa senão respeitar a decisão da princesa. O Mouro aceitou, muito nervoso. Quifungi regressou ao palacete de Rodrigo de Araújo, entre as suas mucamas, uma das quais vestida com os trajes de Mocambo, adornada com as suas joias e reais adereços, para que – vendo-as passar – as pessoas acreditassem estarem ali as duas irmãs da Ginga.

Mais tarde tive tempo para discutir com Cipriano todos os pormenores daquela louca aventura. Deixáramos Luanda e cruzávamos a escuridão a toda a pressa, guiados pelo instinto do velho Caxombo. O Mouro conduzia a segunda carroça. Eu ia ao lado dele.

— Há meses que andava congeminando planos para resgatar as irmãs da rainha — disse-me. — Quando tu surgiste achei que se ia libertar duas, poderia trazer mais uma. Quis saber por que não me dissera nada. Cipriano não me respondeu. As mulas haviam travado de repente, assustadas com algo – talvez uma fera. Ele acalmou-as. Quando retomamos o caminho começou a contar-me episódios da sua infância, em Évora.

— Vês este brinco de topázio amarelo?

Eu não conseguia ver nada. Cipriano seguia ao meu lado direito e a única coisa que distinguia dele, à luz indecisa das tochas, era o vulto possante. Contudo, já antes reparara no brinco, preso à orelha direita, de forma que respondi que sim, que via o brinco. Cipriano continuou:

— Este brinco pertencia a um escravo de meu pai, de nome Eurico, Eurico Congo, pois nasceu no Reino do Congo. Eurico cuidou de mim quando eu era menino. Aprendi a falar, falando português e a língua do Congo. Quando aqui cheguei muita gente estranhou ao ouvir-me discorrer em quicongo, tão bem ou até melhor do que muitos filhos do país.

Repeti a pergunta: por que não me dissera que pretendia também resgatar as irmãs da Ginga?

— Porque não havia necessidade — retorquiu, num tom um tanto brusco. — Urdi tudo isto com a rainha. A minha intenção foi sempre libertar as princesas. Quis-te comigo porque achei que teria proveito na tua presença, pelo muito que me agrada ouvir-te, pelos teus bons conselhos. Além disso, caso alguma coisa corra mal posso sempre tentar trocar-te pela senhora dona Mocambo.

Não contive uma gargalhada, entre incrédulo e horrorizado.

— Por que haveriam os portugueses de aceitar troca tão desigual?

Disse-me que não menosprezasse o meu valor, pois os portugueses me tinham em alto desapreço. O homem que odeia, quando o ódio é muito, está disposto a pagar caro para poder ter à sua mercê a razão de tanto rancor. Os portugueses gostariam de me haver à mão, castigando-me de forma cruel, a mais cruel possível, para que servisse a todos como exemplo do que aguarda um traidor.

— Também tu és um traidor — retorqui numa cólera súbita. — Tão traidor quanto eu, ou mais traidor ainda, pois serves não só à Ginga, mas também a sarracenos, abjuraste a Nosso Senhor Jesus Cristo e até mouro te tornaste.

— Sem dúvida — concordou Cipriano. — Traidor sou, várias vezes e em vários graus. Eles, porém, não sabem disso. Cipriano Gaivoto não existe. Morreu há muitos anos num ataque de piratas.

Calamo-nos os dois. O silêncio parecia acrescentar ainda mais noite à matéria esquiva com que se tece a noite. Por fim, tanto para atenuar a escuridão quanto para buscar uma resposta, perguntei a Cipriano se confiava no velho Caxombo. Como é que alguém era capaz de se orientar no meio de tamanho negrume? O Mouro sorriu, os dentes refulgindo à luz vermelha das tochas.

— Eu mesmo já lhe fiz essa pergunta — respondeu. — O velho tem olhos de coruja. Vê no escuro. Além disso orienta-se pelas estrelas e pelos pequenos ruídos do mato.

Atrevi-me então a perguntar o que aconteceria quando os portugueses dessem pela falta de Mocambo. Cipriano não me pareceu preocupado.

— Podemos contar com dez, talvez doze horas de avanço — disse. — Os primeiros virão a cavalo. A cavalo, a bom galope, alcançam-nos ao anoitecer.

Encarei-o assustado:

— Como faremos para escapar?

— Verás! — rugiu. — Escaparemos...

Ao amanhecer detivemo-nos junto a uma curva do rio. Havia ali uma pequena praia, com seixos redondos, água calma e quase transparente. As mulas, exaustas, refrescaram-se e repousaram. Aproveitei para caminhar um pouco. Aves de diversos formatos, cores e cantos espalhavam-se pelo abundante verde em redor. Veio-me à memória *A Conferência dos Pássaros*, do sábio persa, perfumista e homem santo Farid U-Din Attar. Nos seus versos, Farid conta a lenda de um grupo de aves que empreende uma arriscada viagem para encontrar Simorgh, o Rei dos Pássaros. A maioria das aves desiste ou morre ao longo do trajeto. As mais persistentes atravessarão sete vales: o Vale da Busca, o Vale do Amor, o Vale do Entendimento, o Vale da Independência e do Alheamento, o Vale da Unidade Pura, o Vale do Assombro e o Vale da Pobreza e do Nada. Apenas trinta alcançarão a morada de Simorgh. Só então descobrem que o rei que procuravam são elas próprias.

Simorgh diz-lhes – sem que linguagem alguma seja necessária – que é chegado o momento da dissolução no absoluto: "Regressem os átomos perdidos ao centro de tudo / e sejam – vós! – o espelho eterno em que se miram. / Aquele puro esplendor que voga na larga escuridão / deve voltar agora a ser parte do sol".

Deus, como diria Cipriano, somos nós mesmos.

Pensava nos versos de Farid quando um ser de uma beleza indescritível me prendeu a atenção. Estremeci, porque tal ser era uma poupa – e a poupa é quem, no poema de Farid, conduz as restantes aves. Era como se aquela poupa tivesse acabado de voar dos versos do poeta persa.

Chamei Cipriano e mostrei-lhe o deslumbrante milagre:

— A poupa, que nome lhe dão neste país?

O Mouro encolheu os ombros, distraído.

— É uma andua — disse. — Há tantas por aí. Perturbou-me a indiferença do falso mouro. Contudo, já o sabia, o que para uns é um diamante, para outros não passa de uma pedra um pouco mais luminosa e um pouco mais tenaz.

Retomamos a marcha. Se durante a noite a escuridão não me permitia ver nada, agora era o excesso de luz que me cegava. O sol queimava-me a pele. Felizmente tínhamos recolhido água do rio, com fartura, de forma que volta e meia lançava sobre o rosto uma caneca dela e assim me refrescava. A determinada altura metemos por um caminho aberto entre o capim, deixando o rio para trás. O trilho corria em meio a um vale, com grandes pedras de ambos os lados. Ouvi gritos e vi surgir no alto das pedras os terríveis guerreiros do soba Caza, armados de arcos e flechas e agudas lanças e com o tronco e o rosto pintados de branco e vermelho, como fazem sempre que vão para as grandes batalhas.

Cipriano soltou uma ampla gargalhada.

— Perguntaste-me como escaparíamos. Já vês, contamos com forte ajuda. Os nossos perseguidores, esses, vão ter uma má surpresa. Daqui não passam.

O resto do percurso decorreu sem acontecimentos dignos de registro. Entramos no quilombo à frente de uma enorme procissão de gente cantando e dançando. A Ginga recebeu-nos na sua banza, ao lado do jaga Caza Cangola, festejando-nos com cordial afeição e contentamento. Não pareceu muito surpreendida nem agastada ao saber que Quifungi decidira permanecer em Luanda. Pediu-me que lhe lesse as cartas, as quais estavam escritas num português mesclado de quimbundo, sendo às vezes muito difíceis de decifrar. Escutou-me com atenção, só me interrompendo, aqui e ali, para refletir comigo sobre algum ponto mais obscuro. Nas cartas, Quifungi saltava de um assunto para o outro, como um gafanhoto no capim, ora dando conta do poderio militar dos portugueses e apontando as suas fraquezas, ora confessando dúvidas quanto à doutrina católica, ora troçando de certos hábitos íntimos das mulheres portuguesas.

Cipriano foi agraciado com vinte peças, além de cinco grandes presas de elefante, o que naquela época, como ainda hoje, representava uma pequena fortuna. Lobo recebeu uma dezena de grossas manilhas de prata. Já antes eu vira alguma desta prata, na mesma forma de manilhas, mas nunca soube a sua origem, afirmando alguns que vinha de Cambambe, ali onde o rio se liberta dos estreitos desfiladeiros que durante várias milhas o constrangem, e as suas águas, enfim, se espraiam e sossegam. Sempre duvidei de que houvesse prata em Cambambe, e hoje ainda mais duvido, pois nunca ali, nem em nenhum outro ponto de Angola, se encontraram minas desse precioso metal. Recordo, contudo, uma querela entre dois padres jesuítas, aquando da minha primeira visita a Luanda, afirmando um ter avistado um monte, em Cambambe, cuja encosta era inteiramente coberta de fina prata. Era tanta a prata, e resplandecia ao sol com tal vigor, insistia o jesuíta, que um homem podia cegar só de para ela voltar os olhos. Ao outro padre aborreciam tantas certezas, pois também ele estivera em Cambambe e não vira nem prata nem ouro nem pedras preciosas, tão-somente água, uma imensa abundância de água pura e boa, e era esta água, dizia, o maior tesouro do país.

A mim, ofereceu-me a rainha cinco escravas e quatro dentes de elefante. Agradeci os dentes de elefante, mas recusei as escravas, alegando que apenas me limitara a acompanhar Cipriano. A rainha riu-se em gargalhadas minúsculas, um pouco desagradáveis. Sim, retorquiu, sabia o que me levara a Luanda, toda a gente sabia, e lamentava que não nos tivesse sido possível resgatar Muxima. Disse-me que talvez fosse possível comprar a escrava e a cria, assim que esta nascesse, pois Muxima não tinha para os portugueses nenhum outro valor. Vieram-me as lágrimas aos olhos, ouvindo-a falar assim de Muxima e do nosso filho. Saí da banza apressado, para que não me vissem chorar como uma mulher.

CAPÍTULO QUINTO

Regressamos, neste capítulo, à infância de Francisco José da Santa Cruz, em Pernambuco. Aqui se apresenta Silvestre Bettencourt, senhor de engenho e homem crudelíssimo, o qual irá dar corpo a algumas das mais terríveis violências desta história.

Para manter os escravos no seu devido lugar, ou seja, trabalhando, trabalhando, trabalhando, é necessário nunca lhes faltar com os três "pês" – pau, pão e pano. Escutei isso, muitas vezes, a senhores de engenho, feitores e até mesmo damas finas. Pela minha experiência, posso comprovar que aquilo que nunca falta é o primeiro pê, o pau, a pancada. A comida e a roupa faltam muitas vezes.

O meu pai trabalhou durante cinco anos no Engenho Mazanga, propriedade de um açoriano chamado Silvestre Bettencourt. Lembro-me dele nessa época. Um homem com um belo rosto de anjo – olhos verdes, longa cabeleira loira – e um coração crudelíssimo.

Assisti em três ocasiões aos castigos que o dito Silvestre infligia aos seus escravos. Eu era uma criança de pouca idade, medrosa, delicada, que não devia ter sido sujeita a tão atrozes espetáculos. Testemunhei depois disso muitas outras brutalidades, mas quando penso no Mal, em todas as suas múltiplas e desvairadas formas, as primeiras imagens que me ocorrem são aquelas.

Havia na casa-grande um mulato de muito boa índole, Caetano, que tinha por ofício tratar do guarda-roupa do senhor, calçá-lo e vesti-lo. Este mulato ganhara justa fama de rabequista, a todos entretendo com a sua arte. Uma manhã em que Silvestre Bettencourt saíra para cavalgar, Caetano pegou na rabeca, que era tudo o que conseguira comprar em trinta anos de servidão, e veio para o terreiro mostrar-me alguns fandangos que ele mesmo criara. Estávamos ali entretidos, sem prejudicar ninguém, quando vimos chegar o senhor Silvestre. Regressara mais cedo do passeio, por o cavalo ter começado a mancar, e vinha muitíssimo indisposto. Saltou da sela e correu de encontro ao infeliz Caetano, gritando insultos e desferindo-lhe socos e pontapés. Arrancou-lhe a rabeca das mãos, que o escravo tentava proteger com o próprio corpo, como se de um filho se tratasse, atirou-a ao chão e pisou-a, até dela não restarem senão cacos sem serventia.

Ordenou depois que colocassem o mulato numa cama-de-vento, com os braços e as pernas amarrados por fortes cordas, presas a argolas de ferro, e tendo-o todo esticado fez com que o flagelassem por dois açoitadores, desde as onze da manhã até às cinco da tarde. De tempos a tempos, quando os açoitadores se fatigavam, eram substituídos por uma outra dupla. Caetano, não suportando o castigo, desmaiava repetidas vezes, sendo logo despertado pelo próprio amo, o qual lhe derramava sobre as vistas uma mistura de sumo de limão com aquela pimenta muito agressiva a que, em Angola, se chama jindungo cahombo.

Os cães de caça de Silvestre vinham lamber, com grande deleite, o sangue que escorria da cama-de-vento. Suponho que estivessem habituados a banquetearem-se com a agonia dos escravos.

Depois de lhe arrancarem toda a pele das nádegas e alguns grossos nacos de carne, retiraram o escravo da cama-de-vento, arrastando-o pelas pernas, como se fosse um boneco de trapos. Amarraram-no então, meio morto, ao pelourinho. Foi deixado ali, sem comer nem beber, durante a noite toda e mais o dia seguinte, e ainda uma outra noite, até que as feridas criaram vermes, uma profusão de bichos das moscas, que fervilhavam entre o sangue escuro, pálidos e insones, como se estivessem devorando um cadáver já em avançado estado de corrupção. Era difícil pousar os olhos naquele horror sem desfalecer.

Caetano salvou-se graças à minha avó negra, a velha Clemência, a qual o tomou aos seus cuidados, usando nele toda a sua paciente arte de ervanária e mandingueira.

Depois de curado, Caetano voltou a servir Silvestre Bettencourt na casa-grande, mas nunca mais recuperou a alegria. Nunca mais voltou a cantar nem a tocar rabeca.

Silvestre abusava de todas as suas escravas, praticando contra elas as mais ignóbeis e imaginosas ofensas. Muitas vezes entrava de noite pela sanzala e, apanhando alguma infeliz a dormir, erguia-lhe a saia e lhe metia uma luz acesa pelas partes baixas, queimando-a barbaramente.

Conta-se (mas isto não testemunhei) que o dito Silvestre criou uma onça, a qual, já grande, deixava padecer de fomes para depois lhe enviar uma escrava, Francisca do Carmo, com alguma carne, indo ele assistir ao espetáculo. A esperança do desalmado era de que a onça, impaciente, atacasse e devorasse a escrava, como acontecia nos circos romanos, no tempo em que se lançavam os cristãos aos tigres. Fosse porque Deus, condoído, interpusesse a sua mão entre a escrava e a onça, no que não creio, fosse porque a fera simpatizasse com a escrava, o certo é que jamais lhe fez dano algum.

O que mais me magoou foi assistir ao tormento de um menino de apenas quatro anos de idade, chamado Arquelau, ao qual Silvestre havia instruído para que tomasse conta de uma figueira, enxotando os pássaros. Achando um dos figos bicado pelos pardais, Silvestre encheu--se de fúria, caindo sobre a frágil criatura com um chicote de cavalos. A minha avó negra, Clemência, que estava a pilar milho na sanzala, ocorreu à gritaria desesperada de Arquelau, já o infeliz tinha as costas inteiramente em carne viva. Arrancou o chicote das mãos de Silvestre, ao mesmo tempo que abrigava o menino sob as suas saias. Tirou então de entre os fartos seios uma famosa faca com que sempre andava e apontou-a ao pescoço de Silvestre.

— Pode matar-me, meu senhor! — gritou-lhe. — Ou pode ser que o mate eu primeiro.

Silvestre ainda deu dois passos na direção dela, erguendo a mão, mas logo recuou. Clemência era preta forra, viúva de um patrício seu e mãe de um homem muito respeitado na região. Ela própria inspirava respeito e temor, não só pela valentia – e pela faca! – mas também pelas artes de feiticeira que trouxera de África.

Ao saber do sucedido o primeiro impulso do meu pai foi agarrar numa machadinha de lâmina curva, bem afiada, e correr a degolar o facínora. Já no caminho pensou melhor. Ao assassinar Silvestre iria arruinar a própria vida, além da minha e a da minha avó, e não salvaria a de Arquelau. Acresce que a morte lhe parecia fraco castigo para um homem tão mau. Veio-lhe então uma ideia tremenda – denunciaria Silvestre Bettencourt ao Tribunal do Santo Ofício, acusando-o de o haver incitado a praticar com ele o pecado nefando da sodomia.

Para agravar a acusação, para a tornar mais sólida e verossímil, foi nessa mesma tarde falar com Caetano. O mulato, que parecia ter perdido toda a vontade de viver desde a terrível surra, escutou-o com atenção. Sugeriu que falassem com mais duas escravas, Benedita, a mãe do pequeno Arquelau, e a infeliz Francisca do Carmo, as quais nutriam pelo amo uma grande e natural aversão. As duas escravas, embora muito assustadas, aceitaram participar na intriga.

Um amigo do meu pai, meirinho, escreveu a acusação. O meu pai ditou o seu testemunho: certa tarde, estando a trabalhar na oficina, vira entrar Silvestre Bettencourt. O português aproximara-se dele com muitos rodeios e falinhas mansas, dizendo que gostaria de o ter na sua cama, que lhe faria muitos mimos e o recompensaria, pois desde há anos o amava em segredo. O meu pai tentou afastá-lo, ao que o outro reagiu com violência e impropérios.

Caetano contou que o amo o forçara a deitar-se com ele na cama, em muitas ocasiões, umas vezes de noite, outras à tarde, servindo-se dele pela parte traseira. As duas escravas alongaram-se por episódios semelhantes – todos falsos (ou talvez não).

Silvestre Bettencourt foi preso uma semana depois. Confrontado com as acusações começou por negá-las, mostrando grande fúria e indignação. Levado à casa de tormentos, amarrado à infame roda, rompeu num choro convulso, como uma mulher. Os inquisidores não tiveram de se esforçar muito, bastando esticar-lhe os membros até que estalassem, para o ouvir confessar. Sim, praticara o terrível pecado da sodomia, não apenas com os escravos referidos, mas com muitos outros.

Para o Santo Ofício não há crime mais abominável do que aquilo a que os seus padres chamam a sodomia perfeita, a qual acontece quando o homem penetra outro no vaso traseiro, vertendo nele o seu sêmen.

Silvestre escapou da fogueira, mas foi condenado a degredo perpétuo em Angola – além de ter visto confiscados todos os seus bens. Encontrei-o em Luanda, aquando da minha primeira visita. Não me reconheceu e, é claro, eu também não me dei a conhecer.

Embora já não conseguisse ocultar as marcas da idade, Silvestre tinha ainda aquele idêntico ar de querubim, muito loiro, muito lânguido, com que se sentava no seu cadeirão de palha, à sombra de um largo guarda-sol colorido, enquanto via açoitarem os escravos. Pareceu-me próspero e influente. Perguntei por ele aos irmãos franciscanos que me haviam dado agasalho. Mostraram-se, primeiro, um tanto arredios. Por fim, um deles, o velho Ambrósio, que simpatizava comigo, disse-me que Silvestre fora degredado para Angola acusado do pior dos pecados.

— Tem fama de mulherigo, e creio que o seja, basta atentar nas suas falas, que parece que unta as palavras com mel, e nos gestos amaneirados. Enfim, é fanchono! — Soprou com sarcasmo: — E dos piores. Um fanchono contumaz. Podíamos denunciá-lo de novo ao Santo Ofício, mas desta vez já não haveria pior lugar para o degredar. Angola é o último dos degredos. Iria arder na fogueira, o que seria uma pena porque, tirando o maldito vício que, de resto, apenas exerce nos escravos, o homem é esforçado. Chegou aqui pobre e depressa enriqueceu. Ajudou a enriquecer muita gente.

Quis saber se ele maltratava os escravos. Ambrósio estranhou a pergunta.

— Não mais do que os outros comerciantes — assegurou. — A alguns trata até demasiado bem. A esses de quem gosta. Tem um escravo que veste com tal luxo que nesta cidade nem há dama que se vista assim. E tão perfumado que qualquer cego pode segui-lo a cidade inteira só pelo cheiro.

O Engenho Mazanga foi entregue aos jesuítas. O meu pai comprou o pequeno Arquelau, e a mãe deste, Benedita, uma mulata um tanto aluada, natural de Salvador, e passou-lhes logo depois carta de alforria. Ficaram livres, mas continuaram a viver conosco. Arquelau é para mim um irmão mais novo. O meu único irmão. A minha mãe faleceu ao dar-me à luz. Tinha quinze anos. O meu pai não voltou a casar.

Muitas vezes me recordo de Silvestre e do seu destino. O meu pai mentiu, caluniou, e com tal calúnia condenou um homem ao degredo. Essa mentira, contudo, salvou muitos outros homens e mulheres de uma vida de martírio e sustos. Não o condeno. Não creio que mereça condenação alguma.

Há mentiras que resgatam e há verdades que escravizam.

CAPÍTULO SEXTO

A vida na corte da Rainha Ginga. A tomada de Pernambuco pelos flamengos. Neste capítulo surge ainda, pela primeira vez, a curiosa figura do pirata Ali Murato.

1

Após o nosso triunfal regresso ao quilombo, vivi ali cinco prolongados anos de uma quase completa placitude. Os estrangeiros eram, de forma geral, bem tratados por toda a população, fidalgos, povo ou escravaria. De resto, os escravos recebiam no Reino do Dongo um tratamento muito mais compassivo do que aquele que lhes era reservado em Luanda ou no Brasil. Entre os africanos vigora uma lei segundo a qual só perde a liberdade quem cometeu crime que mereça a morte, sendo a pena comutada em escravidão. Além destes, somente os prisioneiros de guerra, cuja vida está por direito nas mãos dos vencedores, podem ser escravizados. Por nascimento, apenas os filhos das escravas são escravos; não os filhos dos escravos. É a regra do *partus sequitur ventrem*.

Os portugueses não respeitam nenhuma destas leis, enviando para o Brasil não somente os escravos ou caxicos mas também os homens livres (murinda). Este desrespeito foi sempre uma das queixas da rainha contra os portugueses.

No dia a dia, os escravos levavam uma vida semelhante à dos homens livres, caçando com eles, comendo ao lado deles, divertindo-se nos mesmos batuques e folguedos.

Quase todos os meses chegavam gentios fugidos de Luanda e era através deles que íamos recebendo notícias do que ali se passava – bem como do resto do mundo. Foi assim que tomei conhecimento do nascimento do meu filho, ao qual Muxima deu o nome de Cristóvão. Soube também que ela havia tomado as águas do batismo e que passara a chamar-se Inês de Mendonça.

Quis de novo voltar a Luanda para resgatar Muxima e o nosso filho. Cipriano opôs-se. Os portugueses estavam agora muito mais atentos. Não poderíamos voltar a utilizar o disfarce de ciganos – e de que outra forma entraríamos em Luanda sem levantar suspeitas? Melhor seria aguardar alguns anos, até que o menino ganhasse corpo, e depois ajudar Muxima a abandonar a cidade.

Lobo e os seus ciganos partiram para o Reino do Congo, onde esperavam, em troca da boa prata que haviam ganhado, conseguir embarcar para o Brasil. Fiquei triste por os ver partir, mas também um tanto aliviado, pois Sula ganhara o hábito de me visitar à noite, em minha casa, e eu vivia ansioso, com medo de que o velho patriarca nos descobrisse.

Não queria que ela viesse. Contudo, assim que a via erguer-se e partir, adiantando-se à vaga luz da manhã, já eu ansiava por tê-la de novo de encontro a mim. Sula era ágil e esquiva, uma sombra quente que me visitava em sonhos, como um súcubo. Acordava, ou julgava acordar, e via-a debruçada sobre mim, as afiadas unhas enterradas no meu peito, sem pudor nem indulgência, apossando-se do meu corpo como se eu lhe estivesse destinado desde o princípio do mundo. Na última visita que me fez assegurou-me, muito séria, que nos voltaríamos a ver.

Por fim, também Cipriano se foi embora, em mais uma das suas viagens, desta vez de regresso a Zanzibar, onde o aguardavam a esposa e os filhos, e eu fiquei sem ninguém que se achasse disposto a escutar os meus projetos de resgate.

Havia guerras, sim, mas longe dali, como um rumor distante – cães latindo para além do nevoeiro. O que eu sabia delas era por ver chegar os jagas arrastando gente presa, às vezes soldados brancos, ainda mais brancos pelo pavor de se julgarem levados não a caminho do cativeiro, mas da caldeira onde os iriam assar. Os poucos com quem falei estavam convictos de que os jagas devoravam os inimigos, e que nutriam particular apreço pela carne dos europeus, tida como mais macia e perfumada. A verdade, contudo, é que durante os cinco anos que ali habitei nunca assisti a nenhum de tais festins.

Os brancos permaneciam no quilombo, à espera de que os resgatassem, e se a alguns os vi cativos, ligados dois a dois pelo pescoço com ferrugentos libambos de ferro, outros andavam soltos, morando em casas que eles mesmos construíam, caçando e pescando como os habitantes do lugar. Todos manifestavam por mim um formidável desprezo, cuspindo no chão quando me aproximava, e alguns recusavam-se a falar comigo, por me considerarem traidor da raça e da bandeira. O único destes prisioneiros que se aproximou de mim, e do qual me tornei amigo, foi um capitão de cavalos, de seu nome Mariano Mendes Cardoso, cristão-novo, natural do Rio de Janeiro, um homem ainda moço, imberbe, com uma pálida e macia pele de menina, com quem a Ginga simpatizou, a ponto de o juntar às mulheres do seu harém.

Costumava visitá-lo na banza da Ginga. Lembro-me dele, vestido de mulher, à europeia, sapatos, anágua, saia, espartilho, corpete e gola, suando em bica, mesmo à sombra, enquanto duas escravas sacudiam o ar com enormes leques feitos de folhas de palmeira. Vestido de mulher, penteado como uma mulher, Mariano parecia realmente mais fêmea do que macho e eu tinha de fazer um enorme esforço para não o tratar como tal, pois sabia quanto o magoava sujeitar-se a tão extravagante situação.

Apesar de tudo, Mariano não recriminava a rainha. O destino parecia-lhe afortunado, por comparação ao dos restantes cativos. Disse-me que a Ginga mostrara sempre grande cortesia para com ele e que só o importunava que teimasse em vesti-lo de mulher, para o que mandara até comprar-lhe roupa europeia, a mais dispendiosa e colorida, mostrando-o nesses trajes a toda a gente.

Decorreram três anos. Um dia veio ter comigo um escravo recém--chegado de Luanda. Messias (era o seu nome) caíra de amores por uma outra cativa, Maria Parda, decidindo escapar com ela. Ali estavam ambos, agora, no quilombo da Ginga.

Messias servira dona Marcelina como cozinheiro durante quinze anos. Era um homem torto de um olho, mas muito direito de corpo e de caráter. Disse-me que, informada dos seus planos de fuga, a senhora Inês de Mendonça lhe rogara que me entregasse uma carta. Entregou-me a carta, que li trêmulo de espanto e emoção. Nela, pela sua própria letra, por vezes um tanto infantil, um tanto hesitante, Muxima dava-me conta da boa saúde do nosso filho. Fazia grandes louvores a dona Marcelina, à qual chamava de benfeitora, afirmando sentir-se feliz em Luanda. Pesava-lhe muito a minha ausência, porém, pensando no futuro do menino, não via sentido em deixar a cidade para se entranhar com ele pelo mato.

Pareceu-me um forte argumento. Interroguei Messias. Confirmou o que Inês dizia. Dona Marcelina afeiçoara-se a ela, tratando-a como a uma filha.

— Dizem que a senhora Inês se comporta como se fosse mesmo filha dela — murmurou.

Estranhei a observação.

— O que estás insinuando? — quase gritei.

Messias baixou a voz e dobrou a cabeça, aflito e envergonhado. Comentava-se que a senhora dona Inês já lidava com a casa e com os serviçais, inclusive os mais antigos, não como convidada, mas com ásperos modos de patroa. Muitos escravos se revoltavam com o que lhes parecia um enorme atrevimento. Muxima, murmuravam eles, chegara a Luanda como cativa, sem nada de seu além de uma cria de padre na barriga, e em poucos meses se pusera mais alta do que todos, gritando ordens e castigando quem as não cumprisse.

A conversa com o cozinheiro perturbou-me muito. A mulher que ele me descrevia não se assemelhava àquela que eu conhecera, ou que julgara conhecer. Muito mais tarde, enquanto envelhecia, compreendi que o amor exige uma espécie de cegueira. Amamos não quem os nossos olhos enxergam, mas quem o nosso coração demanda. O ser amado é, quase sempre, uma invenção indulgente de quem ama.

2

Cipriano retornou cansado, mancando da perna direita, com o cabelo totalmente embranquecido. Achei-o, porém, mais vivo do que quando partira. Surgiu no quilombo à frente de uma enorme e faustosa quibuca. Ao ver-me soltou um grito de júbilo e antes mesmo de me abraçar, antes mesmo de me saudar, atirou para o ar ardente da tarde a incrível novidade:

— Os flamengos tomaram Pernambuco!

Nessa noite, na banza da Ginga, discutimos as notícias que trazia. Uma esquadra flamenga, composta por sessenta e seis navios, transportando um total de sete mil homens, partira da ilha de São Vicente, em Cabo Verde, em dezembro de 1629, em direção ao Brasil. A esquadra pertencia à Companhia das Índias Ocidentais e era comandada pelo almirante Hendrick Loncq, um homem que fizera carreira combatendo aqueles mesmos piratas mouros, ou piratas barbarescos, como também são conhecidos, que haviam raptado Cipriano. Fora, aliás, através de um desses piratas, de quem se tornara amigo, que Cipriano recebera a notícia da tomada de Pernambuco.

Os flamengos haviam conquistado Salvador, em 1624, prendendo o governador-geral, Diogo de Mendonça Furtado, e enviando-o para os Países Baixos. Contudo, no ano seguinte, a Espanha enviou uma poderosa Armada, composta por cinquenta e dois navios, sob o comando do marquês de Villanueva de Valduesa, Dom Fradique de Toledo Osório, que derrotou e expulsou os invasores.

A operação que levara à tomada de Pernambuco parecia muitíssimo mais sólida.

A rainha mostrou-se animada com a notícia. Chegara o momento de estabelecer uma aliança com os flamengos. Cipriano sugeriu que a Ginga enviasse um embaixador a Pernambuco. Ele chegara às costas de Angola, desde Zanzibar, não por terra, como fizera noutras ocasiões, e sim contornando África, do Índico ao Atlântico, num navio corsário. O navio esperava por ele na mesma baía onde o desembarcara, disposto a transportar até Pernambuco um representante da Ginga.

O comandante do navio era o famoso Ali Murato. Não estranhei ao saber que Cipriano criara laços de afeto com tão extraordinária personagem. O português parecia ter copiado, ao menos em parte, o destino do outro. Ali era natural de Antuérpia, no Sul da Holanda, tendo sido batizado com o nome de Jan Hals. Capturado por piratas mouros, não só mudou de religião como se juntou a eles nos saques, correndo os vários mares, desde Ceuta a Port Royale, desde a Islândia a Baltimore. Navegou durante muitos anos às ordens de Sulayman Reis que, como Ali, era flamengo. Sulayman morreu numa batalha contra navios de guerra franceses e ingleses, a poucas léguas de Cartagena, ao ser atingido pela pesada bala de uma bombarda, a qual lhe cortou ambas as pernas, arrancando-lhe do corpo todo o impetuoso sangue.

Cipriano devia ter previsto a reação da rainha às boas-novas que trazia. Parecia ter respostas a todas as nossas questões. Perguntei-lhe o que Ali Murato pediria em troca para transportar até Pernambuco uma embaixada da Ginga. Cipriano sorriu, trocista:

— Ele quer o que querem todos, ou prata ou peças. Além disso Ali está cansado do corso. Gostaria de se reconciliar com os seus compatriotas e envelhecer em paz na sua cidade natal.

Discutiu-se depois quem deveria ir. A rainha sugeriu um seu sobrinho, o filho mais velho de Quifungi, Ingo, um moço experiente nas artes da guerra, mas também um eficaz negociador, sensato e inteligente, quase tão bom diplomata quanto a tia. Ingo não falava português, mas era capaz de se comunicar em latim com grande desenvoltura, língua que aprendera com um capuchinho italiano.

— Irá Ingo! — determinou a rainha. — O senhor padre acompanhá--lo-á, como língua, secretário e conselheiro.

3

Duas semanas mais tarde já íamos, eu, Cipriano e Ingo, juntamente com muitos soldados e escravaria, em direção à costa, por trilhos pouco explorados, de forma a evitarmos ser surpreendidos pelos portugueses ou guerreiros de sobas inimigos. Seguíamos em luxuosas liteiras, carregadas, cada qual, por dois escravos. Dormíamos nas mesmas cadeiras onde viajávamos, com bastante conforto, pois eram resguardadas de todos os lados por uma gaze muito fina, a qual impedia a entrada de mosquitos.

Em algumas regiões de Angola, sobretudo junto aos rios e lagos, o principal inimigo não são as grandes feras, mas os seres mais minúsculos. De resto, entre os mosquitos, os mais agressivos, de mais ardente picada, são os menores, uns minúsculos seres alados a que os ambundos chamam miruins ou miringuins.

Vi homens, sobretudo europeus, com a pele de tal forma assanhada, após uma noite ao relento, que se diria terem sido escovados com um ralador. É minha fé que a picada destes mosquitos traz algum tipo de peçonha. As pessoas assaltadas por febres são quase sempre aquelas que sofreram as picadas, em particular durante a estação chuvosa, que é quando os mosquitos se manifestam com mais abundância e de forma mais tenaz.

Era em abril ou maio. Já não chovia, mas os crepúsculos ainda carregavam ávidas nuvens de mosquitos. Na segunda noite da nossa jornada, acampamos junto àquela dobra do rio onde eu vira pela primeira vez uma andua. Ceamos, conversamos um pouco, e depois fui-me deitar. Dei-me então conta de um largo rasgão na rede que cobria a liteira, através do qual entravam os mosquitos. Tentei ignorá--los, mas sem sucesso. Fechava os olhos e logo um deles me pousava nos lábios, no nariz, numa orelha, atormentando-me com a sua picada.

Não consegui adormecer. Por fim, ergui-me. Atravessei o acampamento, pisando com os pés descalços a cinza ainda quente das fogueiras. Os escravos dormiam encostados uns aos outros. Ninguém os vigiava. Não era necessário. A maioria viera de regiões muito distantes. Não se atreveriam a fugir.

Avancei com cuidado para não despertar ninguém. Pretendia apenas refrescar o rosto, escalavrado pelos mosquitos, e ia fazê-lo quando escutei o canto de um pássaro – um som harmonioso, que emanava da floresta escura como se viesse da garganta de Deus. Julguei que fosse uma andua – na verdade eu queria que fosse uma andua – e por isso dei mais alguns passos ao longo das margens do rio, e depois outros tantos, em busca dela.

Tinha-me distanciado uns dois mil pés do acampamento quando um restolhar, à minha direita, me atraiu a atenção. Aterrorizado, vi precipitar-se contra mim a massa imensa de um cavalo-marinho. Lembrei-me do que me dissera Domingos Vaz. Girei os olhos e lá estava ela, a cria do monstro, chapinhando nas águas. Colocara-me, sem intenção, entre a pequena e a mãe. Larguei a correr, aos gritos, na direção do acampamento. Tropecei e caí, afundando a cabeça na lama. Julguei que fosse o fim. Vi-me a mim próprio, como se os meus olhos flutuassem soltos no ar, estendido de borco, enquanto a fera, alcançando-me, me abria o peito com uma única dentada.

Isso não aconteceu. Alguma coisa saltou ao meu lado, mas não era o animal. Ajoelhei-me. Ingo atravessara-se no caminho do bicho, agitando uma comprida lança. Falava com a fêmea de cavalo-marinho como se esta fosse uma velha conhecida. Compreendi o que dizia:

— Afasta-te, mãezinha, o teu filho está no rio, está a salvo. Vai, vai, ninguém te ofenderá.

A gigantesca criatura encarou-o um breve momento, resfolegou, deu costas e entrou na água. Ingo ajudou-me a levantar.

— Não passeies à noite pela floresta — disse-me num tom de censura, que o largo sorriso desmentia. — Só as feras, os mortos e os homens-leões passeiam à noite pela floresta. Não creio que tu sejas um homem-leão.

Os ambundos acreditam que certos homens têm o poder de se transformar em leões depois que o sol desaparece, regressando à figura humana ao amanhecer. Ainda hoje não sei se Ingo acreditava naquilo ou se estava apenas a mangar comigo.

4

Ali Murato fora governador de Salé-a-Nova, uma república de piratas, no Norte de África, que reunia muitos milhares de mouriscos e judeus expulsos de Castela, os quais falavam castelhano melhor do que árabe, isso quando falavam árabe. Os mouriscos e os judeus de língua castelhana misturavam-se na cidade com aventureiros, bucaneiros e renegados vindos dos quatro cantos do mundo.

Consta que os mouros tratam melhor os cristãos que chegam às suas terras, como cativos ou homens livres, do que os cristãos tratam os mouros. Um cristão que se converta em mouro é logo aceite por eles e tratado como um igual. Nunca ouvi falar em "mouros velhos" e "mouros novos".

João Carvalho Mascarenhas, na sua *Memorável Relação da Perda da Nau Conceição*, publicada em 1627, conta um episódio que não mais esqueci. Cito-o de memória, visto não ter comigo o dito livro. Uma ocasião chegou a Argel um navio francês. O capitão, de nome Pierre, tendo matado um dos seus marinheiros à facada, decidiu fazer-se janízaro, atendendo a que um soldado de paga, mais a mais mouro, não pode nunca ser condenado pela morte de um cristão. E se bem o pensou melhor agiu.

Os mouros acolheram-no numa grande festa – já não Pierre, mas Mustafá – com trombetas e manjares e muitas outras cortesias. Sendo o tal Pierre, ou Mustafá, senhor de vários navios, além de jovem e bem--apessoado, não demorou a receber propostas de casamento. Aceitou, por fim, a mão de uma menina turca, de grande formosura, a qual tinha três irmãos, um dos quais cabo de esquadra. Não ficou muito tempo em Argel. Logo convenceu os cunhados a ajudarem-no a aparelhar uma nau para o corso, prometendo repartir com eles o produto do saque. Na mesma nau levou, além dos cunhados, vários renegados franceses, todos, como ele, com pouca inclinação para a mouritude. Mal se apanhou no mar largo, Mustafá voltou a ser Pierre, mudou de rumo e, aportando a Espanha, tratou de vender os cunhados. Os pobres choravam, lembrando que lhe haviam entregado a irmã, a mais bela das turcas, de mimosos olhos, doce sorriso, rogando que os deixasse ir, senão a todos ao menos ao caçula, que não merecia sorte tão ingrata. Retorquiu-lhes Pierre, sorrindo, ser aquilo usança entre os cristãos, e que muito tolo seria ele se deixasse escapar tão boa mercadoria.

Ali Murato comandava agora um veleiro de três mastros – um filibote, ou "fluyt", na língua dos flamengos – chamado *Windhond*. Os filibotes possuem mastros mais altos do que os galeões, pelo que são mais velozes, mas não tanto quanto as caravelas. Daí que o nome do navio, galgo, em português, me tivesse parecido um pouco exagerado.

A República de Salé estava bem representada no *Windhond*. A maioria dos marinheiros era mourisca, mas havia também judeus de diversas proveniências, além de flamengos, turcos, húngaros, etíopes, um preto jau (de java) e até um chinês.

Ainda em terra descobri entre os marinheiros um judeu português, Rafael Salem, que me confessou, sem pejo, ter-se juntado aos piratas de Ali na esperança de conseguir tirar a El-Rei Dom Filipe, o Quarto, o Terceiro de Portugal, um pouco do muito que El-Rei lhe roubara a ele e à família. Não tive como o contestar. Mesmo quando acreditava em Jesus com toda a minha alma, mesmo quando não me atrevia a contestar o comportamento dos príncipes da Igreja, não entendia a perseguição aos judeus. Nosso Senhor Jesus Cristo era judeu. Maria, a sua mãe, era judia. Odiar os judeus, todos os judeus, é odiar esse mesmo Jesus que veio para nos salvar. Menos entendia que andassem expulsando gente que tanta falta fazia a Portugal, como falta fizera a Espanha, físicos, diplomatas, astrônomos, músicos, calígrafos, alguns dos quais viriam a contribuir para a grandeza dos Países Baixos e de muitas outras nações.

Um grupo de piratas aguardava por nós na praia. Haviam construído três pequenas choupanas quase em cima do mar, e ali dormiam, passando os dias a caçar e a negociar com o gentio da região, com tanta naturalidade como se tivessem nascido ali. Trocavam mercadorias diversas por escravos. Vinte e quatro facas, uma espingarda ou seis espelhos grandes por um homem-feito. Seis bacias de estanho por uma mulher prenhe. Duas cornetas por uma menina.

Os negreiros ganham neste comércio mais de cem por cento. Pouco lhes custam os quimbembeques com que pagam os escravos, e a viagem, correndo bem, também não é muito dispendiosa. Uma vez no Brasil vendem cada homem adulto por dezoito mil réis.

Rafael estava na praia. Ao ver-nos, avançou à frente do grupo, rindo, batendo alegremente num ngoma, ou tambor, enquanto dois dos seus companheiros erguiam e agitavam compridas folhas de palmeira, como se fossem estandartes.

Rafael era assim mesmo: tinha um pouco de bufão e outro tanto de Aquiles. Espigado, gentil-homem, de espessa barba ruiva, por onde passasse logo fazia bons amigos – e melhores inimigos. O pai praticara muitos anos como ourives em Coimbra, seguindo uma antiga tradição da família. Acusado de se haver judaizado acabou, após grandes tormentos, por ser condenado à morte pelo Tribunal do Santo Ofício, e relaxado ao braço secular para que este cumprisse a sentença. Contudo, não morreu na fogueira, pois antes disso conseguiu escapar com a família para o Norte de África, sendo executado apenas em estátua. Esta experiência de ser queimado em efígie também eu a sofri, como mais adiante narrarei. Muitas vezes, em sonhos, vejo--me a mim mesmo, ou à figurinha de papelão que colocaram em meu lugar, preso dentro de uma gaiola. Vejo um homem ateando as chamas e ouço o riso bárbaro da turba, os aplausos nervosos. Acordo numa grande angústia, com vergonha de mim – com vergonha dos homens.

Uma vez em África, Rafael e a família retomaram os nomes e os costumes judeus.

Ali Murato ficara no navio. Sentia-se mais seguro no mar. Enjoava em terra. Não o vi no dia em que cheguei, nem no seguinte. Só me levaram ao navio no terceiro dia, para negociar a viagem.

O chefe dos piratas recebeu-me nos seus aposentos. Tive a feliz surpresa de encontrar, pousados numa larga mesa, diversos mapas e livros de navegação. O famoso pirata não correspondia ao que eu imaginara. As mãos vagas e finas, de baronesa velha, moviam-se sozinhas, como se pertencessem a um outro corpo. Os olhos nervosos, muito azuis, mal se demoravam nos meus. Só a voz era forte e sólida. A voz de um homem que se treinara no mando. Tratou-me como se já me conhecesse. Suponho que Cipriano lhe terá falado de mim. Cumprimentou-me em espanhol, com bons modos, querendo saber como fora a viagem. Riu quando lhe contei o episódio do hipopótamo. Só depois de muitas voltinhas e prelúdios se fez ao assunto. Levar-nos-ia a Pernambuco. Tratando-se, porém, de viagem perigosa exigia ser bem pago. Pretendia render-se, reconhecendo os muitos erros e dando informações que ajudassem a Companhia das Índias Ocidentais a proteger-se dos piratas. Isto na condição de que todos os seus homens fossem indultados e o deixassem a ele retornar à pátria e rever a família.

Infelizmente, poderíamos topar no percurso com alguma esquadra portuguesa, e, se tal desgraça viesse a suceder, o *Windhond* não conseguiria nem fazer-lhes frente nem escapar. Sosseguei-o. A rainha Ginga saberia recompensar a sua boa atitude. Discutimos então o número de peças que poderia levar para o Brasil: trinta. De resto o barco era pequeno e, entretanto, os piratas já tinham comprado sete peças ao gentio da região. No Brasil aquelas trinta e sete peças renderiam muito bom dinheiro.

No regresso a Angola, caso aceitasse trazer de volta o sobrinho da rainha e a resposta dos flamengos, Ali Murato seria pago com ouro e prata. O pirata concordou com tudo.

Assim, dez dias depois, embarcamos os escravos, água e alimentos frescos. Despedi-me de Cipriano, na praia, muito comovido. O português abraçou-me, desejando-me boa viagem. Colocou nas minhas mãos uns óculos de ver ao longe, que ele mesmo fabricara, dizendo, trocista, que era para, do outro lado do mar, eu conseguir ver o que se passava em Angola. Ainda hoje tenho esses óculos.

Foi uma viagem difícil. Ali Murato mandou que construíssem uma espécie de cabana, no tombadilho, para mim e para Ingo, e era ali que dormíamos. Se esticávamos as pernas abria-se a porta. Os piratas repousavam ao ar livre, no convés, junto com os escravos. Comiam juntos, fumavam juntos, riam e folgavam uns com os outros.

Galinhas, perus e porcos passeavam-se também por ali, em grande alarido, confusão e imundície. Ao fim de quinze dias já tínhamos comido tudo o que, sendo vivo, não fosse gente – o tombadilho continuou imundo, mas pelo menos cessou a gritaria das aves.

Os escravos dançavam de noite, para divertimento de toda a gente, dando grandes saltos e fazendo acrobacias.

Nas últimas noites já não dançavam. Havia apenas biscoitos para comer. A água escasseava. Rezávamos para que o vento nos empurrasse para terra. Então, numa manhã asmática, vimos uma gaivota romper a bruma e pousar, grasnando, no cesto da gávea.

CAPÍTULO SÉTIMO

Chegada ao Brasil. O triste desaparecimento da cidade de Olinda. Um longo e terrível sequestro. Uma audiência com João Maurício de Nassau.

1

Nasci em Olinda. Nunca encontrei em nenhum outro lugar do mundo um céu mais amplo e mais azul do que aquele que os meus olhos viram pela primeira vez, num quieto domingo de abril, quando José, o meu pai, me ergueu nos braços para me mostrar a cidade. A minha mãe morrera, no parto, cinco dias antes. Durante esses dias José recusara ver-me. Saía muito cedo para trabalhar. Terminado o trabalho ia para uma taberna beber sozinho. Por fim a minha avó Clemência perdeu a pachorra. Foi buscá-lo à taberna, arrastou-o para casa e colocou-lhe nos braços aquela pequena coisa em prantos – que era eu. José saiu para o sol da tarde e subiu comigo até ao Largo do Amparo, que na época ainda não se chamava assim, não tinha sequer a igreja, hoje famosa, mandada levantar pela Irmandade de Nossa Senhora do Amparo dos Homens Pardos.

Quando fiz três anos mudamo-nos para o Engenho Mazanga. Regressamos a Olinda depois que o meu pai denunciou Silvestre Bettencourt ao Santo Ofício, e ali vivi o resto da minha infância. Conhecia as ladeiras todas da cidade, as pracinhas sonolentas e cada uma das palmeiras que as adornavam. Conhecia os quintais onde tantas vezes folguei, sozinho ou com meninos da mesma idade, e as árvores de fruto que neles cresciam e que nesses folguedos figuravam fantásticos castelos, palácios e mesmo navios. Fecho os olhos e volto a ver o casario branco cavalgando as encostas. O Paço do Governador, ao lado da Sé, vigiando tudo. Descia-se a Rua do Paço até à Rua Nova. Lembro o alvoroço dos Quatro Cantos, a Rua Direita, a da Carapina, a da Figueira – onde se erguia a alegre casa em que nasci.

Olinda não existia mais. Reconheci as ruas íngremes, mas no lugar das casas encontrei apenas cinzas e ruínas e gente suja e assustada remexendo entre o desordenado entulho. Dos magníficos quintais, afogados em verde até à garganta, apenas resistiam, muito chamuscadas, quatro ou cinco árvores de maior porte. O resto era uma tristeza imensa.

— Por que fizeram isto?!

Lancei a pergunta mil vezes, na primeira tarde em que me pude passear pelas ruas devastadas da cidade, o que só aconteceu meses após a nossa chegada.

Rafael, que me acompanhava, tentou consolar-me.

— A maldade é mais natural nos homens do que a bondade — disse-me. — Repara, irmão, que a bondade exige um grande esforço do espírito. Somos maus pela mesma razão que as pedras não caem para cima, quando as soltamos, perdendo-se no céu. Somos maus por indolência.

Rafael sabia do que falava. No ofício que escolhera, e que desempenhara durante cinco anos, a maldade era competência apreciada. Ele, bom por natureza, nunca fora grande pirata. Àquela altura já o conhecia como a um familiar. Tivera tempo para o conhecer. Passáramos os últimos meses juntos, primeiro numa pequena cela, na qual haviam colocado também Ingo e dois outros piratas, e depois numa casa vigiada por cinco guardas. Ali Murato fora mantido à parte e só o vi, durante o tempo em que estivemos detidos, numa única ocasião.

A viagem decorrera, como já escrevi, sem grandes sobressaltos. A cinco milhas da costa saíram-nos ao caminho duas possantes naus holandesas. Ali Murato mandou arrear o pavilhão verde e vermelho da República de Salé, e içar um branco, em sinal de rendição. Poucos minutos após entravam a bordo os brutos flamengos.

Os primeiros dias foram duros. Os flamengos trataram-nos a todos como piratas – e piratas mouros. Não me foi difícil, porém, comprovar a minha identidade. O meu pai e a minha avó haviam abandonado Olinda, mas um dos meus primos, um tabelião de nome Artur, a quem o meu pai ajudara em várias ocasiões, reconheceu-me. Trouxeram-no à minha cela. Encarou-me com espanto – com sincero nojo:

— É ele, o maldito apóstata, o herético. O traidor.

Mandaram um capitão falar conosco: Isaac Pinto da Fonseca, um judeu, filho de portugueses. Os pais haviam fugido para Amsterdã em 1596. Isaac nascera no ano seguinte. Sacudia a cabeça, assombrado, enquanto escutava a minha narrativa. Concordou comigo quanto à importância de Angola para a Companhia das Índias Ocidentais. Há meses que os oficiais flamengos discutiam a eventual tomada de Luanda.

A maioria dos engenhos havia sido abandonada. Uns queimados pelos proprietários em fuga, outros pelos atacantes. Muitos escravos escaparam para os sertões, misturando-se com índios ou formando quilombos inexpugnáveis. Só com a retoma do tráfico seria possível restaurar os engenhos e tê-los de novo a produzir o precioso açúcar de que a Companhia das Índias Ocidentais tanto precisava.

Isaac voltou-se para Ingo. Ouvira falar muito na rainha Ginga. Ouvira falar na sua bravura e sagacidade. Dizia-se que era tão hábil enquanto diplomata, manejando palavras e argumentos, quanto nos campos de batalha, com o arco e as flechas. A Companhia gostaria de a ter como aliada na guerra contra os portugueses. Ele só não estava certo de que nós a representássemos.

Semanas mais tarde levaram-nos para um palacete ainda a cheirar a novo, junto ao porto, a partir do qual se espraia hoje a bela e orgulhosa cidade do Recife. O governador aguardava-nos num dos salões do edifício, um espaço sem luxo nem fausto algum. Sentado junto dele, a uma mesa atulhada de mapas, estava Ali Murato. Ergueram-se ambos ao verem-nos chegar.

Não me recordo já do rosto do governador. Nem sequer do seu

nome. Poucos se recordam. As pessoas lembram-se apenas daquele que lhe sucedeu, o grande flamengo que transformou o Recife numa cidade aprazível – Maurício, conde (e depois príncipe) de Nassau, e isso é justo.

Ali Murato parecia ter sido infetado pela inexistência do outro. Cumprimentou-nos sem força, apagado e vil. Corroborou, distraído, o nosso testemunho. O governador desculpou-se perante Ingo, embaixador da rainha Ginga, por nos ter mantido presos durante tanto tempo, ordenando a nossa libertação e dando instruções para que nos agasalhassem a ambos numa casa condigna, a expensas do Governo. Escreveria aos diretores da Companhia das Índias Ocidentais dando conta das intenções da rainha Ginga e de todas as vantagens que tinham os flamengos em se aliarem com ela. Insistiu ainda que não deveria eu comentar com ninguém sobre a intenção da visita. A quem perguntasse responderia que viera à procura do meu pai, e que Ingo era apenas um escravo fiel que eu trouxera de África. Traduzi tudo isto a Ingo, mesmo a parte que o referia como escravo, na certeza de que este se irritaria. Isso, porém, não aconteceu. O meu amigo riu-se.

— Poderia ter-me calhado pior amo — disse em latim, e nessa mesma língua agradeceu ao governador o bom acolhimento.

Na tarde seguinte pude, enfim, visitar Olinda. Galgamos as ruas tristes, eu mais triste do que elas, e pasmado por ver tanta desolação onde antes havia cor e vida e alegria. Tentava explicar a Rafael e a Ingo o que fora a minha infância. O príncipe ambundo mostrava-se ainda mais horrorizado do que eu. Em demoradas conversas, em Angola, muitas vezes lhe falara no esplendor da cidade onde nascera – exagerando um pouco, é claro, pois qual o homem que não exagera os méritos da sua cidade?

Ali, em pé, diante das ruínas escuras, esforçava-me por lhes dar a ver a alvura das casas, o luxo dos salões, o ouro e a prata das igrejas.

Subimos a custo pela Rua do Paço, parando aqui e ali para retomar o fôlego. Pretendia mostrar-lhes a vista, lá do alto. Ao chegar, deparamos com algumas dezenas de pessoas catando sobras por entre o caos de cinzas e pedras soltas a que ficara reduzido o antigo Palácio do Governador. Distingui entre os catadores alguns ciganos – o velho Lobo e a família.

Aproximei-me. Sula foi a primeira a ver-me. Caiu a meus pés, segurando-me as mãos e chorando e gritando o meu nome de cigano:

— Melchior Boa-Noite, bem sabia eu que nos voltaríamos a encontrar!

Nessa noite ceamos no acampamento deles. Lobo lamentou a destruição de Olinda. Muita gente abandonara Pernambuco. As tropas holandesas haviam saqueado a cidade antes de lhe atear fogo. Vira soldados carregando ricas baixelas de prata, joias, brocados de ouro, sedas, tonéis de bom vinho. Ao crepúsculo dera até com um magote deles carregando um dos sinos da sé.

A destruição dos engenhos, das lavras e quintais e a fuga dos escravos logo se fizeram sentir. Faltava o que comer. Um porco custava os olhos da cara. Uma galinha era coisa rara. Ao invés dela as pessoas comiam urubus, bichos horrendos, que se alimentam de lixo e carne podre. Havia quem pagasse para degustar ratos, e não ratos gordos, porque nem gordos os havia, senão que bem feios e escanzelados.

Também para os ciganos a vida ficara mais difícil, embora aparecesse sempre gente interessada em conhecer o futuro. Apesar de todos os pesares, notava-se uma diferença enorme. Uma diferença para melhor.

— Não sentes? — insistiu Lobo. — Não sentes quando respiras?
— O quê?!
— O medo, meu amigo! Já não cheira a medo!

Dei-lhe razão. No tempo dos portugueses o medo infiltrava-se na roupa, colava-se à pele, a todas as horas, mesmo enquanto dormíamos. Era tão presente, tão inevitável, que nem nome lhe dávamos.

O Santo Ofício, em tudo achando erro, em tudo adivinhando a sombra do demo e o fedor a enxofre que o anuncia – do sangue infeto dos judeus, ciganos e negros às rezas e mezinhas dos mandingueiros –, aterroriza as sociedades e através desse terror as degrada e avilta.

Os infelizes que caem nas garras dos inquisidores são incitados a denunciar terceiros. Quanto mais heresias, ou pretensas heresias, denunciarem, mais possibilidades têm de escapar ao castigo. As mães delatam os filhos, os filhos voltam-se contra os pais, os irmãos uns contra os outros, e neste ciclo de ódio e de rancor se quebram os laços mais íntimos e se perdem primeiro as famílias e depois as nações.

Todos os meses chegavam navios. Traziam soldados, mas também marceneiros, tanoeiros, ourives, ferreiros e um grande número de aventureiros sem ofício definido.

— Estão chegando muitos judeus portugueses — comentou Lobo. — Os flamengos não perseguem ninguém. Toda a gente tem liberdade de culto. Tu, por exemplo, no tempo dos portugueses terias ido parar na fogueira por heresia. Agora podes passear sem problemas. Também nos deixam a nós, ciganos, fazer o que sempre fizemos, ler o futuro nas mãos, praticar os nossos mistérios. Não nos importunam e esperam que também ninguém os importune a eles.

A casa onde nos haviam agasalhado ficava junto ao rio, num lugar abençoado pela sombra de uma frondosa mangueira. Houve dias em que não comemos nada senão os saborosos frutos daquela boa árvore. A casa tinha três quartos amplos, salão e cozinha. Rafael, que, como os restantes piratas, fora deixado ao deus-dará, veio viver conosco.

Ali Murato partiu para a Holanda numa tarde chuvosa, a bordo de um bergantim da Companhia das Índias Ocidentais. Soube que os flamengos o compensaram muito bem pelas peças que o *Windhond* trouxera, bem como pelo navio. O pirata pôde voltar ao seu país natal muito mais rico do que quando partira – e com muitas histórias para contar.

Os restantes marinheiros depressa encontraram trabalho nos navios mercantes e largaram também eles de Olinda, com exceção de Rafael, o qual continuou conosco. Alguns voltaram ao corso. Que eu saiba apenas um, Jau, o javanês, retornou à República de Salé.

2

Sula retomou as suas investidas noturnas, no que teve êxito, pois a minha carne fraca e o meu espírito confuso pouca ou nenhuma resistência lhe opuseram. O meu coração, esse, continuava cativo de Muxima. Todas as manhãs lhe escrevia uma carta, a qual, todavia, não enviava, por não ter como o fazer. Guardava essas cartas numa caixa de madeira, entretendo-me a imaginar as respostas de Muxima a cada uma delas.

Durante o dia pensava em Muxima. Durante a noite dedicava-me a Sula, largamente e com apetite. Acontecia, por vezes, ao beijá-la, acreditar estar beijando a angolana. Isso, contudo, era raro. O mais das vezes não pensava em nada. A cigana soprava-me aos ouvidos encantamentos, brandos sortilégios, e assim eu me esquecia de tudo, gozando de sensações que nem sabia existirem.

Rafael repreendia-me. Não o perturbava a minha condição de servo do Senhor. Àquela altura já poucos se recordavam de que eu, em tempos, usara batina. O antigo pirata temia, isso sim, que o velho Lobo se encolerizasse ao saber dos meus amores ilícitos. Os ciganos são muito zelosos de coisas da honra. Ingo não dizia nada. O sobrinho da Ginga evitava, como bom diplomata, expor opiniões. De resto, não mostrava, nessa altura, grande entusiasmo pelas mulheres portuguesas e brasileiras. Menos ainda pelas flamengas. No parecer dele os brancos usam um excesso de roupa, suando muito sob o feroz calor a que se acham sujeitos, e com isso produzem ao mover-se um insuportável fedor.

Artur, o primo que se mostrara nauseado ao ver-me, chamando-me apóstata, herético e traidor, veio procurar-me. Ouvira dizer que o governador me tinha em alto apreço. Os flamengos nada faziam – murmurava o povo – sem me ouvir primeiro.

— Vendo-te a viver numa casa tão rica — dizia, passeando-se pela sala, espreitando os quartos, acariciando docemente os móveis —, vendo-te tão bem agasalhado e a expensas do Governo, deduzo que sejam verídicos os murmúrios do povo.

Rogou-me então, de lágrimas nos olhos, que intercedesse por ele. Tinha sete filhos e precisava de um bom ofício. Pediu-me que o colocasse no Paço, em algum trabalho que lhe garantisse, sem excessivo esforço, uma renda generosa.

— Somos família — lembrou, à despedida. Uma mão lava a outra e juntas lavam o rosto.

Apareceu depois disso em muitas outras ocasiões, sempre choroso, sempre dobrando-se em zelosas vênias e salamaleques. Continuei a dizer-lhe que não possuía qualquer influência junto do governador. Desapareceu durante semanas, para ressurgir, uma infausta tarde, dobrado e conspirativo. Trazia-me, sussurrou, um recado do senhor meu pai. O velho José estava muito doente, às portas da morte, mas não queria entregar a alma ao Criador sem antes se despedir de mim. Olhei-o perturbado. O meu pai?! Haviam-me dito que o meu pai se refugiara em Salvador com a minha avó. Nunca conseguiria chegar a Salvador, tantas milhas para sul, sem cair nas mãos dos portugueses.

Artur contestou. Não, o meu pai estava muito próximo, no Arraial do Bom Jesus, a uma légua do Recife. O general Matias de Albuquerque erguera uma fortificação naquela localidade, apoiado por muitos homens práticos na guerra, e dali partia para flagelar os flamengos.

Eu que o acompanhasse, insistiu, pois o meu pai e a minha avó me esperavam num engenho abandonado, algures entre o Recife e o Arraial, em terra neutra.

Rafael, junto do qual procurei conselho, achou uma temeridade que eu me entranhasse pela noite à procura do meu pai, tanto mais que nas últimas semanas vinham-se multiplicando os ataques às tropas flamengas. Os holandeses andavam aterrorizados com um terço de soldados pretos, comandados por um tal Henrique Dias, que ganhara fama de bravo e insolente. Este Dias tinha como companheiro nas suas tropelias um índio de nação potiguar, chamado Filipe Camarão, sendo que os flamengos os temiam muitíssimo mais do que aos brancos, preferindo mesmo matar-se a cair nas mãos de tal gente. Na sua imaginação, que muitos relatos assombrosos insuflavam, índios e negros eram capazes das piores barbaridades, comendo os inimigos ainda vivos – comendo-lhes não só a carne, mas também a alma. Muita gente sabia de cor uma carta que o dito Henrique Dias teria escrito ao governador, e que começava assim:

"Meus senhores holandeses: o meu camarada, o índio Filipe Camarão, não está aqui; mas eu respondo por ambos. Saibam Vossas Mercês que Pernambuco é Pátria dele e minha Pátria, e que já não podemos sofrer tanta ausência dela. Aqui haveremos de perder as vidas, ou haveremos de deitar a Vossas Mercês fora dela."

As pessoas declamavam aquela lendária carta como se fosse um poema, em saraus e festas, o que irritava muito os flamengos.

Ingo não disse nada, senão que nos acompanharia, e que iria armado e preparado para tudo. Assim, fomos os três, eu, Ingo e Rafael, a cavalo, seguindo Artur. Mal tínhamos deixado a cidade para trás, e as suas defesas e sentinelas, quando um grupo de homens nos caiu em cima. Ingo e Rafael lutaram bravamente, mas os nossos inimigos eram em muito maior número e logo nos dominaram – deixando Ingo com o braço direito rasgado por uma adaga e Rafael sangrando muito de uma rachadura na cabeça.

O meu querido primo desapareceu durante a refrega, como se nunca tivesse existido. Não sei quanto recebeu para nos entregar. Arrastaram-nos, amarrados aos cavalos, durante a noite inteira. Várias vezes tropeçamos e caímos, indo de borco pela terra dura, de forma que ao amanhecer, quando finalmente os nossos captores se detiveram, nos achamos com a roupa em farrapos e o corpo todo escalavrado. Vimos então os rostos de quem nos arrastara. Eram cerca de vinte, todos jovens, negros e mulatos, vestidos de forma humilde, cada qual a seu modo, e não como soldados de uma tropa regular.

O que parecia ser o chefe saltou do cavalo. Tirou da cabeça um largo chapéu, de um vermelho extravagante, como o chapéu de uma dama, revelando uma calva muito bem tratada. Limpou o suor do rosto com um lenço da mesma cor do chapéu e só depois se postou, sorrindo, diante de nós.

— Um apóstata, um judeu e um preto mandingueiro — disse, num tom de zombaria. — Podemos levar-vos até Salvador e entregar-vos ao Santo Ofício. Os padres saberão como vos arrancar a verdade, castigando-vos pelas vossas traições e heresias. A fogueira é o que vos espera...

Olhei-o apavorado. Nunca antes me sentira preso de tanto medo, nem quando os portugueses tomaram de assalto a ilha da Quindonga, lançando sobre nós os corpos infetos dos bexigosos. O terror era tanto que me tolhia os movimentos e me travava a voz.

O homem percebeu o meu estado:

— Assustei-vos, padre? Não temais. A nós pouco importa se haveis ou não vendido a alma ao maldito. Isso é coisa vossa e do senhor Diabo. O Diabo para nós é loiro e vem da Holanda. Contai-nos o que sabeis sobre os flamengos, contai-nos algo que nos agrade e podeis partir em paz com os vossos amigos.

Compreendi que não nos iriam tratar melhor do que o Santo Ofício. Os inquisidores amarrar-nos-iam à roda ou à polé, esticando-nos os membros e quebrando-nos os ossos para que confessássemos algo que não podíamos confessar porque nos levaria à fogueira. Aqueles iriam querer quebrar-nos os ossos para que lhes disséssemos algo que não podíamos dizer – porque não sabíamos.

Levaram-nos para um engenho abandonado, conforme prometera o meu primo, mas no qual não nos esperava nem o meu pai nem a minha avó e sim um homem severo, muito bem trajado, muito bem--falante, que se apresentou como sendo Henrique Dias.

Ali estava, portanto, o tão afamado flagelo dos flamengos. Recebeu--nos no salão da antiga casa-grande do engenho – um vasto espaço de paredes calcinadas, a cheirar a cinza e a podridão. Mandou que nos desamarrassem. Mostrou-nos três pequenos bancos, fazendo um gesto cortês, com a mão direita, para que nos sentássemos. Sentou-se à nossa frente num cadeirão de couro, de fina arte, que devia ter sido a única peça a escapar ao desastre. Anos mais tarde Henrique Dias teria a mão esquerda estraçalhada por um tiro de arcabuz. Ficou famosa a frase que então disse, de que preferia que lha cortassem logo, como veio a acontecer, mesmo correndo o risco de morrer na cirurgia, do que convalescer devagar, havendo tantas empresas às quais acudir. Ainda mais tarde haveria de receber o Hábito da Ordem de Cristo, tão ambicionado pelos senhores de engenho e fidalgos brasileiros, e interdito a judeus, negros, mulatos, ciganos e a todas as pessoas consideradas como possuindo sangue infeto. A atribuição desta condecoração a Henrique Dias, não obstante a cor da sua pele, mostra o poder e o respeito que o mesmo alcançou.

Àquela data, porém, era ainda um homem inteiro e simples, de muito boa figura. Ouvi dizer que antes de comandar aquele terço de homens pretos fora alveitar de cavalos, ou cirurgião-barbeiro, ou sangrador, ou mestre-carpinteiro, ou tudo isso junto. Não sei.

Henrique Dias desculpou-se pela brutalidade com que os seus homens nos haviam tratado. Pareceu-me sincero. Acrescentou depois, apressado, que esperava de nós uma colaboração total. Colocou-nos a seguir uma grande soma de questões relacionadas com o poder bélico dos flamengos, as suas intenções, divisões e armadilhas. Não conseguimos, já se vê, dar-lhe uma única resposta satisfatória. O capitão olhou-nos com uma espécie de mágoa perplexa e, sacudindo a cabeça, mandou que nos levassem e prendessem. O homem do chapéu vermelho conduziu-nos a um quarto, um pouco afastado, e ali nos deixou aos três, presos às paredes pelos calcanhares com grossas correntes de ferro.

O espaço devia ter servido de quarto de tormentos a muitos outros desgraçados, pois o soalho estava coberto de grandes manchas de sangue. Alguém se entretivera a riscar a fuligem das paredes com desenhos cruéis. Mostravam homens a serem açoitados, degolados, mutilados. Não havia palavras, apenas desenhos. Suponho que o artista não soubesse escrever.

Caía a noite. Havia mais de vinte e quatro horas que não bebíamos nem comíamos. Não sentia fome. Sede sim. Tinha a boca seca. A língua prendia-se aos dentes como um pedaço de couro, mal me permitindo formar duas palavras.

Na manhã seguinte veio uma velha trazer-nos um pouco de água numa caneca. Dividimos o líquido pelos três, e, se não chegou para nos matar a sede, serviu ao menos para recuperarmos o uso da fala. Talvez fosse isso o que pretendiam os nossos captores. Pouco depois apareceram dois homens, que nos soltaram das cadeias de ferro, e nos levaram de novo para o salão da casa-grande. Sentado no cadeirão de couro aguardava-nos já não Henrique Dias, e sim o homem do chapéu vermelho. Ofereceu-nos um pouco de tapioca, num único prato. Dividimos essa escassa comida pelos três, como antes havíamos feito com a água.

O homem do chapéu vermelho, ao qual os outros chamavam Sabiá, porque passava o tempo em cantorias, repetiu as perguntas que Henrique Dias nos fizera, mas sem a gentileza do capitão. Impaciente, porque não lhe respondíamos senão com fracas evasivas, ordenou aos seus homens que me despissem e amarrassem ao pelourinho.

Rafael tentou dissuadi-lo. Disse-lhe que poderíamos retornar ao Recife, e, uma vez lá, recolher as informações que ele desejasse. Seríamos, de bom grado, espiões dos portugueses, posto que nós próprios provínhamos dessa grande nação de heróis e navegantes, filhos, netos, bisnetos de portugueses, e esse era o nosso maior orgulho. Sabiá riu-se em silêncio, coçando a magnífica calva. Por fim fez sinal aos seus homens para que me levassem.

Arrancaram-me a roupa – o que restava dela – e amarraram-me ao pelourinho. Dois escravos revezaram-se nos açoites, durante um tempo que a mim me pareceu infinito. Num primeiro instante doía-me mais a vergonha de me ver assim exposto, nu e amarrado, do que as pancadas. Logo esqueci a nudez. Sempre que o chicote me cortava a carne sentia o ar a fugir-me, a vida a fugir-me, e todo o meu cuidado era não perder o alento. Respirar, voltar a respirar, respirar de novo. Após a vigésima chicotada, contudo, só queria escapar à dor. Morrer já me parecia a melhor opção.

Não morri. Perdi os sentidos. Quando despertei estava outra vez na cela, acorrentado à parede, e os meus companheiros esforçavam-se por me limpar as feridas com um pouco de água e um pano sujo, que era tudo o que tinham. Nos dias seguintes repetiram-se, com pequenas variantes, os interrogatórios e os açoites. Umas vezes apanhava eu, outras Rafael, outras Ingo. Houve ocasiões em que apanhamos os três. Decorreu assim uma semana completa. Todas as manhãs a mesma velha surgia trazendo um cântaro com água e uma pratada de tapioca, mingau ou farofa. Minutos depois vinha um homem buscar-nos, quase sempre o mesmo, um mulato baiano chamado Vasconcelos. Um dia veio a velha, mas não Vasconcelos. Sabiá e os seus homens pareciam ter desaparecido.

Nos dias seguintes a velha continuou a vir, em silêncio, trazendo a mesma comida. Trouxe também um barril onde era suposto soltarmos as nossas necessidades e que de três em três dias ela descarregava.

Fazíamos-lhe perguntas mas nunca nos respondia. Na opinião de Rafael era surda-muda. Ingo achava-a um pouco aluada.

Os meses foram passando. Sabíamos que o mundo continuava a existir, lá fora, porque ouvíamos o cantar dos pássaros e o vento sussurrando entre as ramadas. Vez por outra entrava um pardal no quarto. Uma tarde vimos uma serpente a devorar um rato.

Não fazíamos outra coisa o dia inteiro senão conversar. Ingo lembrou o caso de um dos quimbandas prediletos da rainha Ginga, Hongolo, o qual terá sido, em determinada ocasião, capturado pelas tropas do capitão António Dias Musungo. Diz-se que escapou do cativeiro transformando-se em cobra. Ingo dava crédito à lenda. Rafael também.

O antigo pirata conhecera em Argel um tal Tomé dos Anjos, natural de Braga, que possuía o poder de se transformar, não em cobra, mas numa pessoa diferente, com outra catadura, outros modos e outra voz – até mesmo com outro cheiro. Fechavam-no num quarto, deixavam-no ali alguns momentos e quando abriam a porta encontravam um desconhecido, vestindo a mesma roupa de Tomé dos Anjos, porém muito admirado e atordoado de ali se encontrar.

Quis saber se ele mesmo, Rafael, assistira alguma vez a tal prodígio, e jurou-me que sim. Fechara Tomé numa arca, e pouco depois tirara de dentro desta um turco, de nome Ibrahim, meio gago e cheirando a peixe, o qual lhe assegurou, num árabe imaculado, ser pescador em Oran, e que nunca antes ouvira falar em Tomé dos Anjos.

Rafael voltou a colocar o pescador na arca e trancou-a. Não tardou a escutar os gritos de Tomé, rogando que o deixasse sair, pois lhe faltava o ar. Abrindo a arca deu com o português muito lampeiro e escorreito, rindo da partida que lhe pregara.

Tomé dos Anjos servia-se da sua singular arte para roubar e ludibriar os mouros e até mesmo para desinquietar as mulheres casadas. Um dia acabou-se sua sorte. Foi o caso de um marido que se pôs a espiá-lo. Via-o entrar de manhã em sua casa. Pouco depois via sair de lá não o mesmo cristão que entrara, muito enxuto e direito de corpo, mas um outro sujeito qualquer, às vezes um velho um pouco trôpego, às vezes um rapaz espigadote, outras um taciturno mulah. Ao invés de se assustar com tão extraordinária bruxaria encheu-se de uma imensa fúria, sentindo-se cornudo, não uma vez, mas muitas, pois era como se a senhora sua esposa andasse, a cada manhã, desfrutando na cama de uma multidão de machos.

Aprisionou o português quando este entrava em sua casa e, antes que o mesmo tivesse oportunidade de se transformar, fez com que o esfolassem vivo, enchendo-lhe depois o corpo de palha. Teve-o assim, muito tempo, num quintal, ao sol e à chuva, servindo para espantar pardais, até que se foi desmembrando e desfazendo. Finalmente, não sobrou dele mais do que esta curiosa memória.

Rafael lamentou não possuir talento semelhante. Se assim fosse transformar-se-ia num menino de pouca idade, e finos calcanhares, de forma a poder escapar às duras cadeias de ferro. Ingo achava mais prático converter-se em cobra. Ambos se esforçaram, durante tardes infindas, por colocar em prática aqueles exercícios de transfiguração – mas sem sucesso.

Sugeri que tentássemos arrancar os ferros da parede, desgastando-a, abrindo-a com a pancada das próprias cadeias. Foi uma má ideia. A velha, escutando as batidas, veio lá de dentro com um grosso varapau e surrou-nos aos três até nos deixar como mortos.

Nunca mais tentamos nada. Esperávamos ver surgir, a cada manhã, algum dos homens de Henrique Dias. Tudo nos parecia preferível, incluindo os tormentos da Inquisição, a continuar ali. Uma manhã a velha não apareceu. Na outra também não. Chamamos por ela. Nada. Ao terceiro dia, loucos de sede, fracos de fome, decidimos voltar ao plano inicial, que nos valera a valente surra da velha, e pusemo-nos a romper a parede com as próprias cadeias. Levamos o dia inteiro nesse trabalho.

Caía a noite quando Ingo se conseguiu soltar. Arrastou-se para fora, extenuado. Regressou pouco depois com um cântaro de água fresca e uma machadinha. Logo nos achamos soltos. Num dos quartos encontramos o cadáver da velha, enroscado num cobertor e cheirando muito mal. Num outro quarto, demos com vários sacos cheios de farinha de mandioca, farinha de milho e até carne-seca, bem como com alguns paus de cana-de-açúcar. Descobrimos ainda, escondido num armário, um outro saco com âmbar, o qual, segundo os cálculos de Rafael, deveria valer perto de cem mil réis. Guardamos o âmbar, como justa indenização por aqueles inesgotáveis meses de sequestro e sofrimento.

Duas semanas mais tarde começamos o regresso ao Recife, recompostos da fome, da sede e dos maus-tratos, embora ainda com muito mau ar e andrajosos como os mais andrajosos dos pedintes. Verdade seja dita que se estivéssemos vestidos com os nossos melhores trajes em pouco tempo estes se teriam convertido também eles em miseráveis farrapos, tal a fereza dos matos que crescem nos sertões de Pernambuco.

Ao fim de seis ou sete horas encontramos um trilho de bois e seguimos por ele, mais ligeiros, mais despreocupados, palestrando e cantando e tão felizes que nem nos apercebemos do grupo de cavaleiros vigiando entre a mata. Três deles saltaram-nos pela frente enquanto outros dois nos fechavam o caminho. Dessa vez não senti medo. Ao contrário. No lugar do medo explodiu-me no peito uma revolta imensa. Atirei-me para diante, aos gritos, cego de fúria. Um dos cavaleiros, um jovem negro, apeou-se. Correu na minha direção. Julguei que fosse puxar da adaga para me degolar. Quando dei conta estava abraçado a mim, aos prantos, repetindo o meu nome. Era Arquelau, o menino que a minha avó salvara da fúria de Silvestre Bettencourt, e que o meu pai libertara e criara depois como se fosse seu filho. Não o via há muitos anos. O tempo transformara-o. Ainda o iluminava o mesmo sorriso franco. Os olhos, contudo, eram tristes e um pouco esquivos. Uma cicatriz rasgava-lhe a testa num desenho medonho. Rafael e Ingo olhavam para nós, hirtos de espanto.

— É o meu irmão! — gritei. — É Arquelau, o meu irmão!

Arquelau casara, tivera dois filhos. Trabalhava com o meu pai, como marceneiro e tanoeiro, e a vida corria-lhe bem. Foi então que os holandeses tomaram Olinda.

Fugiu à frente das tropas. Fugiram todos. Acompanhou a família – a mulher, os dois filhos, além do meu pai e da minha avó Clemência, já bem velhinha – até Salvador. Retornou depois a Pernambuco, incorporando-se no terço de Henrique Dias. Soubera que eu me encontrava cativo, e quisera logo pôr-se a caminho para me libertar. Contudo, fora ferido na cabeça por uma bala, numa investida dos flamengos, e ficara um longo tempo, nem sabia se meses ou se anos, como que vagando por um outro mundo, incapaz de recordar o próprio nome ou de pronunciar uma frase direita. Os companheiros, que o estimavam, mantiveram-no vivo, dando-lhe de beber e de comer, lavando-o, cuidando dele como se fosse um menino de pouca idade. Uma manhã despertou com uma forte dor de cabeça. Quando a dor serenou regressaram as memórias, umas chamando as outras, de forma que ao anoitecer era de novo um homem-feito, com um passado, com um nome, com um destino a cumprir.

Arquelau ofereceu-nos roupa nova. Acompanhou-nos quase até às portas da cidade. Vim o percurso inteiro muito inquieto. Se surgissem tropas portuguesas estaríamos em maus lençóis. Se surgissem tropas flamengas também.

Foi uma despedida difícil. Abraçamo-nos demoradamente. Não sabíamos quando nos tornaríamos a ver. Dei-lhe uma carta para que a entregasse ao velho José. Recomendei-lhe mil cuidados. Arquelau tranquilizou-me. Ele também estava cansado de guerras. Cumprira a sua parte. Agora tencionava regressar a Salvador, para junto da família.

Franqueamos a muralha que cerca a estreita península onde se ergue a povoação do Recife sem que ninguém nos incomodasse. À medida que nos íamos aproximando da região do porto – a que chamam Povo – mais nos admirávamos com o que íamos vendo. Era como se Olinda tivesse descido dos seus íngremes outeiros para se refazer ali. Fora em parte assim mesmo, pois muita gente aproveitara as pedras mortas da minha pobre cidade, arrastando-as até àquela praia, para erguer as paredes das suas novas casas. Os flamengos haviam levantado belos solares, largos palacetes, e mesmo um imenso jardim, no qual dois mil coqueiros bailavam uns com os outros ao sabor da brisa. Atravessamos os laranjais perfumados, como se percorrêssemos o Paraíso, esperando a qualquer momento ver baixar do azul profundo do céu dois ou três anjos armados de compridas espadas para dele nos expulsarem. Isso, felizmente, não aconteceu.

Ainda no jardim, vimos as duas torres do Palácio Friburgo, a residência do governador, competindo em eminência e elegância com os mais altos coqueiros. Dirigi-me a um dos guardas, postado junto à porta principal do palácio, anunciei o meu nome, e disse-lhe que gostaria de falar com sua excelência, o capitão Isaac Pinto da Fonseca, fidalgo que eu supunha ser próximo ao governador.

O capitão surgiu instantes depois. Veio até nós num grande alvoroço, saudando-nos em português:

— Bem-vindos! Ao fim de tanto tempo já todos vos julgávamos mortos e enterrados.

A surpresa de Isaac atraiu outros notáveis, alguns dos quais reconhecemos, por nos terem interrogado, após a nossa chegada a Pernambuco. Juntou-se ali uma pequena multidão, toda aquela gente querendo saber o que nos acontecera e como havíamos conseguido escapar.

Isaac tratou de nos pôr a par das novidades. Em primeiro lugar, Pernambuco contava com um novo governador: o conde Johann Moritz von Nassau, na nossa língua João Maurício de Nassau, um bravo homem de armas que combatera contra os espanhóis, tendo perdido metade da orelha direita, além de um bom chapéu, ao ser atingido por uma bala, no cerco e conquista de uma fortaleza, numa qualquer ilha do Reno.

João Maurício de Nassau era também um excelente diplomata e administrador. Nascido numa das famílias mais notáveis do seu país, sempre se mostrara generoso com artistas e poetas, que protegia e apoiava, tendo trazido muitos deles para o Brasil.

Isaac prometeu conseguir-nos uma audiência. Não poderíamos retornar à casa que nos haviam cedido antes, pois estava agora ocupada por três dos artistas que o governador trouxera consigo.

Ficamos alojados num armazém de açúcar, na Rua dos Judeus, próximo à sinagoga. Após o muito que havíamos penado, pareceu-nos aquilo um palácio. Na manhã seguinte vendemos por bom preço o âmbar que encontráramos no engenho. Comprei, com a parte que me cabia, alguma roupa e livros e ainda me sobrou muito. A mais grata surpresa daqueles dias foi encontrar tantos livros à venda, muitos dos quais proibidos pela Inquisição nos territórios sujeitos ao seu domínio, e que, por isso mesmo, ainda mais me interessavam.

O comerciante que me vendeu os livros confessou-me – sem mostrar nem medo nem pejo algum – ser um alumbrado, seguidor daquela famosa Beata de Piedrahita, que o Santo Ofício tanto perseguiu, acusando-a de propalar heresias e de se comportar como uma devassa, recebendo homens na sua cama e promovendo bizarros bailes místicos.

Os alumbrados entendem que cada pessoa pode dialogar com Deus, sem a necessidade de haver uma Igreja e os seus sacerdotes, e que melhor o fazem não fazendo nada, nem rezas, nem jejuns, nem leituras pias, nem mortificações de espécie alguma.

3

Uma semana mais tarde, o capitão Isaac Pinto da Fonseca conduziu-nos ao Palácio de Friburgo para uma audiência com o governador.

A sala onde nos fizeram entrar não lembrava em nada aquela – num outro palácio – na qual fôramos recebidos pelo primeiro governador. Esta era luxuosamente mobilada. Impressionou-me algo que nunca vira antes: um enorme globo, de fabricação holandesa, com os contornos precisos da Europa e da África, e as principais rotas seguidas pelos navios da Companhia das Índias Ocidentais. As paredes estavam cobertas por telas, de variadas dimensões, mostrando paisagens dos Países Baixos e também de Pernambuco. Reconheci numa delas o engenho abandonado onde durante tanto tempo estivéramos aprisionados. Mostrei-a, tremendo, aos meus companheiros. João Maurício de Nassau entrou na sala no momento em que observávamos a pintura. Era um homem alto, com uma cabeleira cor de cobre, muito cheia, barba e bigode no mesmo tom, e uns lisos olhos azuis, que ao princípio me pareceram um pouco frios. Porém, assim que esgotamos as frases de cortesia, vi que se animavam e aqueciam. A tela que apreciávamos, explicou, fora pintada por um jovem artista chamado Franz Post. Conhecia aquela paisagem pois ele próprio estivera ali, meses antes, numa breve surtida para estudar as posições do inimigo.

O governador e as suas tropas haviam passado ao lado do engenho. Se a curiosidade os tivesse levado até lá não teríamos sofrido tão longo inferno. O Inferno, de resto, não é tanto uma soma de tormentos, e sim a ilusão de que tais tormentos nunca cessam. O Inferno é eterno, ou não seria Inferno. Tenho para mim que a principal diferença entre o Inferno e o Paraíso é que no Inferno nos pesa o tempo, o tempo todo, enquanto no Paraíso não se sofre dele.

Por outro lado, aquele tempo carregado de tempo que passáramos acorrentados a uma parede havia-nos unido. Ingo e Rafael eram para mim como irmãos. Nada aproxima mais os homens do que a partilha de um grande infortúnio.

João Maurício de Nassau escutou-nos com interesse. Enfadou--se, ou fingiu enfadar-se, sorrindo, cofiando as agudas pontas do bigode, por termos deixado o Recife sem antes prevenirmos as autoridades. O seu antecessor no cargo ficara muito mortificado com o nosso desaparecimento. A Companhia também. Agora que regressáramos, com uma tão terrível narrativa para contar, mas sãos e salvos, poderíamos retomar o diálogo na parte em que o deixáramos. Lamentou não ter melhor espaço para nos agasalhar. Embora se estivesse construindo muito, e muito depressa, na Cidade Maurícia, como os flamengos chamavam ao Recife, não havia mês que não desembarcassem novos moradores, muitos deles artistas, arquitetos, gente nobre, e a ele, governador, cabia-lhe encontrar habitação para todos.

Disse-nos João Maurício que nos últimos meses trocara viva correspondência com os diretores da Companhia e que todos eles entendiam ter chegado a hora de tomar Luanda aos portugueses. Faltava conseguir juntar os meios para tal operação e encontrar a pessoa certa para a comandar.

Uma aliança com a rainha Ginga, o rei do Congo e o rei do Sonho parecia-lhe de grande importância. Ingo dirigiu-se a João Maurício de Nassau em latim, língua que, como escrevi anteriormente, dominava bem, lembrando que as relações entre os três soberanos não eram as melhores. Lembrou ainda que a rainha Ginga, aliada aos jagas, controlava todo o interior de Angola, desde Luanda até às pedras de Pungo Andongo, bem como as margens e as numerosas ilhas do grande rio Quanza.

Maurício de Nassau quis saber se a rainha Ginga tencionava facilitar o trânsito de escravos para o Brasil. Ingo explicou que a sua senhora não via com bons olhos que lhe tirassem os súditos, que tanta falta lhe faziam nas lavras, para cuidar do gado e para combater. Os portugueses, com as suas razias, andavam despovoando os campos. A manter-se tal depredação em breve não restaria ninguém – ora o valor de um soberano mede-se não pela extensão do seu reino, mas pelo número dos seus vassalos. Contudo, devido às guerras com os povos vizinhos, que os portugueses também andavam fomentando, tinha ela muitos escravos de outras nações, os quais poderia comerciar com os flamengos.

O governador concordou. A ele não importava a nação original dos escravos, conquanto estes fossem fortes, saudáveis, capazes de suportar o duro trabalho nos engenhos.

No final do encontro insistiu em entregar vários presentes ao embaixador da rainha Ginga, entre os quais uma longa capa de veludo negro com galões de prata e um chapéu de castor com uma fita de ouro.

Ingo agradeceu muito os presentes. Mais tarde, já em casa, troçou deles. O que faria, em Angola, com uma longa capa de veludo negro? Disse-lhe que poderia trocar a capa de veludo por um boi gordo, mas deveria manter o chapéu, o qual lhe acrescentava muita fidalguia. Certamente, iria atrair ainda mais a atenção das damas do Recife.

Durante a nossa ausência, a cidade ganhara alguma cor e alegria graças às muitas dezenas de mulheres flamengas que, entretanto, ali se haviam fixado. Como escrevi antes, Ingo zombava das senhoras europeias e do excesso de roupa que persistem em usar sob o pesado sol dos trópicos. Acerca das holandesas manifestava ainda pior parecer. Na sua opinião bebiam demais, comiam demais, falavam demais. Pior: davam largas e sólidas passadas de homem, a ponto de, ao vê-las caminhando, sentir saudades da feminilidade daqueles pobres homens aos quais a Ginga vestia como se fossem mulheres.

— Além disso — acrescentava, baixando a voz com diplomático resguardo —, diz quem com elas privou que são mulheres muito frias. Consta que beijam e abraçam sem pudor nem paixão. Não há nelas mais calor do que num retrato.

Não consegui esconder o espanto quando o próprio Ingo me confidenciou o seu súbito interesse por uma dama de Bruges, esposa de um jovem capitão, o qual, por se achar muito ocupado na guerra, correndo os sertões de Pernambuco atrás dos homens de Henrique Dias, deixava a esposa, Anna, solta em casa, sofrendo de grande tédio e de falta de amor. Ingo conhecera a loira Anna numa festa no Palácio de Friburgo, poucas semanas após João Maurício de Nassau nos ter ali recebido.

Lembrava-me muito bem dessa festa, em razão de uma dança que então nos foi apresentada. Chamava-se, esta dança, a "gitana". Entraram a bailar oito moças, seis delas esplendidamente trajadas à maneira de ciganas – de ciganas ricas – com diademas de prata no toucado, blusas de fina tela mourisca, apertadas por cintos de veludo e rodadas saias de um vermelho muito vivo. Distinguiam-se ainda duas outras mulheres, estas mascaradas de mouras, com um excesso de ouro e prata, as quais rodavam, junto com as restantes, mas uma sustida em pé sobre os ombros da primeira. A que ia em cima lançava quatro ou cinco facas de uma mão para a outra, sem deixar cair nenhuma e sem nunca perder o ritmo nem a infinita graça. Ao vê-la, senti que me fugia o fôlego – era Sula!

Sula sorriu-me. Quando terminou a dança, saltou para o chão, ligeira como uma onça, fez-me uma profunda vênia e perguntou-me, fingindo não me conhecer, se aceitaria bailar com ela a dança das facas. Respondi-lhe que sim, certo de estar entrando numa armadilha, mas não sabendo como escapar. A primeira moura, que era também uma cigana da tribo de Lobo, colocou-se então do lado oposto, atrás de mim, e começaram ambas a lançar as facas de uma para outra, de tal forma que passavam – as facas – muito rentes ao meu rosto e tronco. Sula dançava, algumas vezes de olhos fixos nos meus, algumas vezes com eles muito cerrados. Custava-me tanto enfrentar os olhos dela quanto a sua perigosa cegueira. Quando terminaram aquela dança, e em boa hora a terminaram, a sala estrondeou em aplausos. Eu sentei-me num canto, a tremer.

As seis moças vestidas como ciganas não eram ciganas, e sim flamengas. Três delas, contou-me Ingo, aproximaram-se dele depois que a dança terminou. Por essa altura já a maioria dos convidados se deixara arrebatar pelo álcool. Diz-se que os flamengos gostam tanto de beber que mesmo com a corda ao pescoço, no patíbulo, são capazes de brindar ao carrasco e de partilhar com ele o derradeiro copo, de forma que se vão deste mundo borrachos e cantando.

As moças pretendiam saber se Ingo era realmente, como lhes haviam dito, príncipe dos pretos e embaixador daquela famosa rainha de Angola, à qual chamavam Ginga, que tanto andava aterrorizando os portugueses. Uma das raparigas chamava-se Margarida, a outra Griet e a terceira Anna. Esta era a mais loira, a mais loquaz e a mais animada. Ingo ficou encantado com o jovial divertimento da sua conversação.

— E depois? — quis eu saber, embora receasse a resposta. — O que aconteceu?

— Eu estava errado — confessou Ingo. — Estava errado quanto à natureza das mulheres do Norte.

Ingo passeava agora as suas manhãs pela Rua da Cruz, espreitando, num sobrado de tábua de feitio flamengo, uma janela azul, através da qual, volta e meia, assomava a clara e delicada cabeça de Anna.

Tive pena do meu amigo, o qual se deixara prender, como eu, a um amor impossível. Rafael troçava de nós. O antigo pirata conseguira trabalho, como ajudante de um cirurgião-barbeiro, e não lhe faltava o que fazer. Todas as semanas chegavam ao Recife soldados feridos por uma bala, por uma espadeirada, ou com algum osso quebrado numa queda. Ele mostrava talento para o ofício, desde logo porque, ao contrário da maioria, não se agoniava com o sangue. Vira correr muito sangue na sua anterior ocupação.

Apesar da guerra, viviam-se no Recife tempos de folia. Os flamengos aproveitavam todas as festividades religiosas, as deles e as nossas, para beber e dançar. Rafael não perdia uma festa. Frequentava quer os salões mais opulentos, quer os batuques dos escravos, e em todos esses lugares fazia amigos e cativava mulheres.

Assim se passaram semanas, assim decorreram meses e depois anos. Despertávamos, a cada dia, na esperança de que João Maurício de Nassau nos chamasse de novo ao Palácio para nos dizer que havia um navio aparelhado e pronto a partir para a costa de Angola. Enquanto Rafael aperfeiçoava a sua nova arte de cirurgião-barbeiro, eu e Ingo aprendíamos a falar a língua dos flamengos. Alguém me disse, certa ocasião, não haver melhor escola de línguas que uma boa cama. Acredito que sim. Ingo depressa me ultrapassou. Aprendeu não somente os segredos da língua mas também a falá-la nos seus diferentes sotaques, para espanto e divertimento dos flamengos, que o festejavam como a um bizarro prodígio. Eu, confesso, jamais alcancei semelhante perfeição. Em contrapartida melhorei muito o calon, que é como se chama ao idioma dos ciganos, pois voltei a passar as noites enredado nas compridas pernas de Sula.

Olhando para trás, deste século novo, tão rápido, aonde cheguei há pouco, o que recordo melhor daquele meu Pernambuco holandês é o cheiro dela. Não o cheiro – os cheiros. Seria capaz de desenhar de memória o seu corpo longo, e em cada curva dele o perfume exato que o demarcava e definia e tornava real. O doce aroma a sândalo do seu cangote, que eu gostava de percorrer com a língua, e de chupar e morder, a demorada rota de especiarias que ia do artelho à virilha, a profunda embriaguez do umbigo.

Numa dessas tardes de dezembro, de dilatado calor, em que até o tempo parece ter adormecido, juntamente com os pássaros, os insetos e as árvores, escutei o simultâneo disparo de muitos mosquetes, logo seguido de crescente alarde e vozearia. Tudo, num repente, despertou. Eu estava estendido numa rede, no quintal, lendo Montaigne. Ergui-me de um salto. Cães latiam. Galinhas lançavam-se em frenética correria. As largas folhas da árvore-do-pão, à sombra da qual me encontrava, ganharam vida com o susto dos pássaros. Pensei que fossem os portugueses, os negros de Henrique Dias, os índios de Filipe Camarão, todos juntos, entrando na cidade.

Minutos depois Rafael surgiu aos gritos:

— Chegou um barco português ao porto, tão embandeirado que parece uma festa. O duque de Bragança foi aclamado Rei de Portugal! Mataram Miguel de Vasconcelos!

Durante todo o dia e toda a noite os portugueses e mazombos festejaram a notícia, dançando, cantando, lançando foguetes. Os flamengos festejaram com eles, bebendo ainda mais, dançando ainda com mais alegria e com mais vigor.

Ingo veio ter comigo, banzado:

— Os portugueses expulsaram os espanhóis, é isso?

— Sim!

— Esses mesmos espanhóis que são inimigos dos mafulos?

— Sim...

— Então, agora, os mafulos vão fazer a paz com os portugueses?

— Creio que sim...

— Nesse caso, os mafulos devolvem o Recife aos portugueses?

— Não me parece...

— Fazem a paz com os portugueses e continuam em guerra?

— É o mais provável.

Ingo sacudiu a cabeça, gravemente:

— Compreendo...

— Compreendes?!

— Não, amigo, não compreendo nada!
— Eu também não.

Nas semanas seguintes a perplexidade de Ingo (e a minha) aumentou ainda mais. Fosse pelo desejo de agradar aos portugueses, fosse por muito amar a folgança, João Maurício de Nassau passou as semanas seguintes a preparar uma grande festa comemorativa da restauração de Portugal. A cerimônia culminou com uma admirável corrida de cavalos, opondo os mancebos portugueses e mazombos aos flamengos, a qual entusiasmou toda a gente. Aplainou-se um amplo terreno junto ao rio. Ergueram-se palanques e teatros de madeira. No dia aprazado, o governador hospedou em sua casa todos os cavaleiros de ambas as nações em confronto, recebendo-os com faustosos manjares e a música harmoniosa de muitos instrumentos.

Lembro-me do rio apinhado de batéis e engalanadas barcas. Lembro-me das varandas com estandartes coloridos e do sorriso das damas, lá em cima.

Os portugueses ganharam os prêmios todos, um bracelete de ouro, um colar com diamantes, outras joias de menor valor, além dos atrevidos acenos das damas holandesas, algumas das quais tiravam os anéis dos dedos para os oferecerem elas mesmas aos triunfadores.

Ingo foi quem mais apreciou aquela tarde de festa, e quem mais folgou, não nas ruas da cidade, para onde toda a população convergiu, mas naquele belo sobradinho de tábua, ao jeito flamengo, no qual morava a estouvada Anna. Brincou com ela a tarde inteira, e escrevo aqui brincar com o sentido que tinha na origem o verbo, o qual se acredita ter raiz no latim *vinculum*, laço, ou grilhão – pois a flamenga apreciava todos os jogos do amor, mas em especial aqueles envolvendo amarras e açoites.

Poucos dias depois, ainda a cidade se recuperava dos excessos, recebemos uma visita do capitão Isaac. O governador queria falar conosco. Fomos dar com ele muito bem-disposto, naquela mesma sala onde primeiro nos recebera. Rodeavam-no cinco dos seus mais altos oficiais. Todos se levantaram para nos cumprimentar, fazendo demoradas mesuras a Ingo, que o meu amigo retribuiu, sorrindo, sorrindo sempre, com aquela elegância e desprendimento que eram nele tão naturais.

João Maurício de Nassau não perdeu tempo. Disse-nos que, finalmente, a Companhia conseguira os meios necessários para tomar Luanda, Benguela e as ilhas de São Tomé e Príncipe.

— Será uma expedição dispendiosa, mas acreditamos poder recuperar em pouco tempo os muitos fundos que investimos.

Olhei-o, sem conseguir ocultar um rápido sorriso de troça. Segundo os meus cálculos – os quais Ingo conhecia –, a Companhia das Índias Ocidentais poderia arrecadar anualmente mais de seis milhões de florins com a venda para os engenhos pernambucanos dos escravos vindos de Angola. Luanda exportava cerca de quinze mil peças, todos os anos, dez mil delas para as minas de prata da América Espanhola. Caso conseguisse conquistar Luanda, a Companhia arruinaria ainda a produção de prata dos espanhóis, essa mesma prata que sustentava o imenso poderio de El Rei Dom Filipe, o Quarto – o Rei Planeta –, o maior inimigo dos flamengos.

Quis saber quem iria capitanear a Armada. Os oficiais flamengos entreolharam-se num silêncio um pouco aflito. João Maurício de Nassau, porém, não hesitou:

— Vossas Excelências ouviram falar no almirante Cornélio Jol?

Olhei-o, incrédulo:

— Aquele a quem os espanhóis chamam El Pirata? O mesmo a quem nós chamamos Pé-de-Pau?

O meu horror divertia-o. Lembrou-me que Cornélio Jol atacara e conquistara a ilha de Fernando de Noronha. Poucos anos mais tarde, em 1633, ele e um outro famoso pirata, Diego-o-Mulato, também chamado Lúcifer, haviam tomado Campeche, à frente de dez navios, ateando fogo ao Forte de São Benedito.

— Cornélio Jol, o *Pé-de-Pau*, aquele a quem nós chamamos Houtebeen, esse mesmo. O almirante Cornélio Jol é um bravo homem de guerra, inteligente, ainda que de origem humilde, pouco versado nas letras, e a quem o aparato e elegâncias da corte nunca seduziram. Os marujos amam-no. Os inimigos respeitam-no. Foi sempre cortês com os prisioneiros. Vossas Excelências irão simpatizar com ele.

Para Ingo tanto lhe fazia que o conquistador de Luanda fosse um príncipe holandês ou um pirata sem eira nem beira, com um madeiro carunchoso no lugar da perna direita. O importante era tomar a cidade, expulsar os portugueses e fortalecer o Reino do Dongo.

— Viajaremos com o almirante Jol? — perguntou.

João Maurício de Nassau não respondeu logo. Olhou-nos sonhador:

— Olinda, Holanda. Luanda, Holanda. Não vos parece, senhores, que há nesta similitude de nomes mais do que um acaso? Um secreto desígnio dos deuses?

Nenhum de nós lhe respondeu. Então João Maurício de Nassau passou a tratar de questões práticas. Sim, regressaríamos a Angola na Armada capitaneada por Cornélio Jol. Os navios juntar-se-iam no Recife, provenientes de vários mares, e partiriam dali para África. O ataque deveria apanhar os portugueses desprevenidos. Conviria, antes, avisar a rainha Ginga e os seus aliados jagas. Teríamos de pensar juntos na melhor estratégia.

4

Os últimos dois meses que passamos no Recife, viveu-os Ingo em grande susto. Anna estava prenhe.

— O que fará o marido, o que farão os mafulos, quando ela parir uma cria mulata?

Tentei tranquilizá-lo. Talvez a criança não fosse dele e sim do legítimo esposo. Irritou-se o príncipe, certo de que a loira Anna trazia no ventre um filho seu, e não do marido, com quem há muito não dormia. Argumentei – sem energia – que, saindo escura, poder-se-ia atribuir o prodígio a ter nascido em terras tão quentes, queimadas o dia inteiro, doze meses ao ano, por um sol inclemente.

Ingo riu-se, sem esperança. Também no Brasil e em Angola nasciam brancos. Ele conhecia alguns brancos nascidos no Brasil e em África, os quais escureciam ao sol, podendo ficar bastante tostados. Mantinham, contudo, a cabeleira lisa. Um casal de portugueses podia até ter, sem surpresa, um filho mulato, tanta mouraria passara pela península, e durante tantos e demorados séculos, juntamente com escravos das muitas etiópias. Parecia-lhe mais raro, mais difícil de explicar, que isso acontecesse com um casal de flamengos. A força do sol não justifica a cor da cútis de um infante. Explica-se em razão de eflúvios misteriosos provenientes do chão que os homens pisam, ou do ar que respiram, ou desse invisível alento, ao qual alguns chamam alma, que todos recebemos dos nossos ancestrais.

Quando embarcamos, no último dia do mês de maio, Anna permanecia em casa, havia longas semanas, resguardada dos olhares da vizinhança. Ingo fazia-lhe furtivas visitas, que terminavam, quase sempre, em copiosos beijos e lágrimas.

Anna ficou no Recife (ou eu acreditei nisso) ocupada com a sua angústia, à qual se somava o desgosto de ver partir não só o amante mas também o marido, Olivier van Aard, o qual seguiu para Angola no mesmo galeão que nós – o *Enkhuizen*. Olivier era um homem sombrio, ou talvez eu o achasse sombrio por conhecer a tragédia que o esperava. Não tinha o cabelo loiro, mas bastante escuro, quase negro, além de uma barba cuidada, muito longa e sedosa, na qual mostrava exagerado orgulho. Veio a revelar, já em Angola, como narrarei adiante, uma extraordinária coragem, generosidade e sangue-frio.

CAPÍTULO OITAVO

Neste capítulo, acompanhamos Francisco José da Santa Cruz no seu regresso a Angola. Dá-se conta de como o narrador foi julgado e morto em Lisboa, num auto de fé, e relata-se ainda a tomada de Luanda e um dramático e emotivo reencontro.

O conde João Maurício de Nassau estava certo ao prever que iríamos simpatizar com Cornélio Jol. Quando alcançamos a costa de Angola, após dez semanas de uma jornada tormentosa, já tínhamos com ele a intimidade dos amigos de infância. Cornélio confirmou ser, como afirmara o conde de Nassau, um homem inteligente e corajoso e um bom comandante. Revelou-se, além disso, um interessante conversador e um apaixonado jogador de xadrez.

Graças ao férreo mando de Jol, o *Enkhuizen* primava pelo asseio e pela boa ordem. O almirante ofereceu-nos, a mim e a Ingo, uma ampla e desafogada cabina, em nada semelhante à triste choupana em que fôramos forçados a dormir no navio de Ali Murato.

No dia do embarque estranhei um volumoso baú que Ingo fizera instalar nos nossos aposentos.

— O que levas aí? Não me digas que é a bela Anna...

Disse isto soltando uma sincera gargalhada. Ingo não se riu. Empalideci. Falhou-me a voz:

— É a Anna?!

Aquiesceu com um vago gesto. Olhei-o perplexo:

— Enlouqueceste?! Por que não me disseste antes?

— Porque não permitirias que eu a trouxesse.

— É verdade, amigo, não permitiria. Pensaste na desgraça que será se a descobrem?...

— Teremos cuidado para que isso não aconteça.

— Mesmo que seja possível levá-la em segredo até Luanda e depois desembarcá-la em segredo, o que farás quando chegares?

— Não permanecerei muito tempo na cidade. Junto alguns escravos e sigo ao encontro da rainha, posto que é esse o meu dever. Anna virá comigo, estará segura no quilombo.

Ouvindo-o falar, tão sério, tão seguro de si, tão determinado, aquilo que ao princípio se me afigurava uma imensa insensatez começou a parecer-me algo não só coerente – mas inevitável. A convicção é, por certo, a mais proveitosa das virtudes. Um homem sábio, porém destituído de fé, falhará sempre. Um homem de fé, pelo contrário, está destinado a triunfar por mais que lhe falte o engenho e a fortuna – ou mesmo o juízo.

Ingo abriu o baú. Lá estava Anna, ainda mais loira, ainda mais pálida, afundada entre brandas almofadas de cetim. Pôs-se muito rubra ao ver-me. Nos dias seguintes, partilhando com ela o ar escasso, acabei, se não por compreender, ao menos por aceitar a loucura de Ingo. Anna tinha um riso claro e puro, que nos distraía dos erros do mundo. Não temia pensar, ainda que o seu pensamento fosse contra as ideias comuns, a religião na qual fora educada e todas as regras da sua própria nação.

Ingo evitava abandonar a cabina, alegando uma indisposição tenaz, própria de quem nunca gostara do mar. Eu levava-lhe comida e bebida, que ele repartia com a flamenga.

O asseio e ordem que Jol impunha a todos na sua esquadra explica o escasso número de soldados e marinheiros que adoeceram durante a travessia. Não tivemos uma única morte. Isto não obstante um terrível tufão que sobre nós caiu, a meio da jornada, partindo-nos o mastaréu da gávea. Sete outros galeões ficaram também muito maltratados, dos quinze que nos acompanhavam.

A esquadra transportava novecentos marinheiros e cerca de três mil soldados – estes sob o comando de um jovem escocês, James Henderson, filho de um famoso coronel Henderson, morto na Holanda, anos antes, em combate contra os espanhóis.

Entre os soldados distinguia-se um terço de duzentos e oitenta arqueiros e mosqueteiros índios, da nação tapuia, capitaneados por um certo Simão Janduí, que estudara nos Países Baixos, discorria alegremente em holandês, gostava de beber (talvez um pouco além da conta) e defendia com enorme paixão as heresias próprias dos calvinistas e luteranos. Simão Janduí era um homem alto, encorpado, com a pele mais clara do que o comum dos índios, embora natural entre os da sua nação. Os tapuias gozam da fama de ferozes e muitíssimo possantes, sendo voz corrente que com uma só pancada de porrete são capazes de arrancar a cabeça de um homem. Nunca vi tal horror, e espero nunca ver, mas tenho para mim que a cabeça de um homem, quando atingida pela fúria de um porrete, mais facilmente estala e se desfaz do que abandona intacta o respetivo pescoço.

Simão Janduí representava para os flamengos o que Filipe Camarão era para os portugueses. Ao contrário de Filipe Camarão, porém, que desfrutou a glória de morrer na sequência de ferimentos sofridos em batalhas, Simão Janduí padeceu um injusto e crudelíssimo fim.

Vimos aproximar-se a costa de África. Corremos ao longo da mesma, primeiro para sul e depois para norte, durante uma semana inteira, tentando descobrir uma qualquer referência que nos servisse de orientação. Escrevo "nos servisse de orientação", e é de mim e de Ingo que estou falando, pois éramos os únicos de entre os quase quatro mil homens daquela esquadra que conheciam a região.

Jol exasperou-se:

— Vossas Senhorias largaram destas costas para o Brasil, passearam--se por elas, e não as reconhecem?!

O pirata tinha razões para se mostrar enfadado. Havíamos demorado muito a fazer a travessia e as provisões começavam a esgotar-se – incluindo a água.

Estávamos naquela aflição quando recebemos a notícia de que um dos nossos galeões apresara um navio mercante, o *Jesus Maria José*, que se dirigia a Luanda transportando cento e sessenta pipas de vinho. O capitão do navio era um espanhol chamado Alonso de la Mata, improvável mistura entre Dom Quixote e Sancho Pança. Explico-me:

fisicamente era o próprio Dom Quixote, alto, magro e anguloso, mas no espírito prático e simples depressa mostrou ser um verdadeiro Sancho Pança. Empalideceu quando, levado à presença do almirante Jol, pousou os olhos na infame perna de pau. Recuperado do susto dobrou-se em cortesias, dizendo que com agrado nos oferecia todo o vinho que trouxera, além de muita carne-seca e outras provisões, pois bem via que estávamos necessitados delas. Auxiliar-nos-ia no que fosse necessário, assim o deixássemos regressar a Lisboa com o navio intacto e toda a marinharia.

Jol mostrou-se magnânimo – sem deixar de ser pirata. Ficou-lhe com o vinho, mas prometeu poupar-lhe a vida e a de todos os seus marujos. Queria apenas que nos conduzisse a Luanda.

Alonso cumpriu o prometido. Uma bela tarde lá vimos surgir a ponta da ilha e, do outro lado, na formosa baía, o casario branco, as igrejas, mosteiros e fortalezas, alongando-se pelas praias. Lançamos ferro, aguardando que se juntasse a nós a restante esquadra, o que poderia demorar alguns dias, tão espalhados os navios estavam uns dos outros. Posso imaginar o susto dos portugueses vendo aproximar-se a pesada sombra do *Enkhuizen*, com as suas mil e duzentas toneladas e as quarenta e seis bocas negras dos seus canhões. Seguindo o *Enkhuizen*, para que não houvesse dúvidas sobre as intenções que nos moviam, avançavam o *Orange*, com as suas setecentas toneladas e vinte e oito peças, o *Huys Nassau*, com trezentas toneladas e vinte e quatro peças, e o *Utrecht*, com quatrocentas e dez toneladas e vinte peças.

Logo escutamos as buzinas de guerra e vimos os soldados portugueses, com os seus aterrorizados estandartes, marchando em direção ao Forte do Penedo.

A essa altura estávamos nós sentados na coberta, saboreando o bom vinho que o *Jesus Maria José* carregava. Alonso de la Mata apontou com um dedo ossudo para um ponto da praia, distante meio caminho entre o Forte do Penedo e o de Cassondama.

— Veja aquela praia, Excelência — disse para Jol. — Está fora do alcance dos canhões do Forte do Penedo. Está também fora do alcance dos canhões do Forte de Cassondama. É ali que deve desembarcar as suas tropas.

Pareceu-me uma excelente ideia. Os portugueses esperavam, com certeza, que nos aventurássemos pela baía, atacando diretamente o Forte do Penedo. Poderíamos conquistar o forte, ao fim de algumas horas de combate, mas sofrendo a perda de muitas vidas. A proposta do espanhol era, sem dúvida, a mais sensata.

Enquanto palestrávamos, soubemos que um outro navio português, o *São Pedro*, fora capturado pelas nossas forças, algumas milhas a norte. No dia seguinte recebemos a visita do proprietário, um rico homem de Luanda, conhecido por todos pela alcunha de Faísca. Ao contrário de Alonso de la Mata, o tal Faísca não se intimidou nem um pouco ao dar de caras com Pé-de-Pau. Engrossou a voz – que já a tinha, de natural, bem grossa e timbrada – e exigiu que o deixassem aportar a Luanda, argumentando não estar Portugal em guerra com a Holanda.

— Ao tomar o meu navio vossa mercê comete um ilegítimo ato de guerra, na medida em que Portugal assinou no mês de junho um tratado de paz com os Estados Gerais dos Países Baixos. Não sendo um ato de guerra, então é um ato de pirataria. Portanto, ou vossa mercê é um oficial sedicioso ou, pior, um pirata. Em qualquer dos casos terei de o tratar como trato um qualquer bandido...

Temi que Jol o mandasse degolar ali mesmo. Cheguei a erguer-me, disposto a impedir uma tragédia. O pirata, contudo, soltou uma redonda gargalhada, bateu três vezes no estrado com o madeiro que lhe servia de perna, gesto que nele era sinal de muito boa disposição, e ofereceu uma cadeira a Faísca:

— Sente-se, senhor, sente-se. Saiba que não estou ao serviço dos Países Baixos. Estou, sim, ao serviço da Companhia das Índias Ocidentais. Respeito os valentes. Diga-me o que posso fazer por si.

Sentou-se Faísca – ainda chispando lume pelos olhos – e disse que transportava no seu navio algumas senhoras de Luanda, as quais iam juntar-se aos maridos, e lhe parecia uma grave descortesia não permitir que desembarcassem sãs e salvas e com todos os seus pertences. Jol concordou. Deu logo ordens para que preparassem um batel e levassem as senhoras para terra, antes que começassem os tiros.

Faísca preparava-se para embarcar no batel quando me viu. Até essa altura não tinha dado por mim. Olhou-me surpreendido. Aproximou-se abanando a cabeça, com um sorriso de troça:

— Estou reconhecendo vossa mercê. Saiba que assisti em Lisboa ao seu julgamento e condenação. Vi-o arder, dentro de uma gaiola. Ah, e com que alegria o vi arder. — Riu-se ao perceber o meu terror. — Sim, sim, vi-o arder. Não era vossa mercê, está visto, era uma figurinha de papelão figurando vossa mercê. Mas saiba que nós festejamos, vendo arder tal figurinha, como se vossa mercê estivesse realmente ali, ardendo e contorcendo-se e chorando enquanto as chamas o consumiam.

Voltou costas, sem esperar pela minha resposta, e desceu para o batel, onde já o aguardavam todas as senhoras, escravos e uma dúzia de remadores flamengos.

Fiquei no convés, lívido, com as pernas trêmulas, vendo afastar-se o barco. O grupo teve tão pouca sorte que, a poucas braças da praia, caiu sobre a embarcação uma terrível onda e a virou e desfez em pedaços. Testemunhei – espreitando pelos óculos que Cipriano me oferecera à despedida – a bravura com que Faísca se lançava às águas e salvava as senhoras, colocando-as a todas em terra, se bem que muito molhadas e descompostas. Também os remadores se salvaram.

Na manhã seguinte vimos aproximar-se de nós um outro batel, trazendo a bordo os remadores flamengos que haviam naufragado, além de meia dúzia de notáveis cidadãos de Luanda, entre os quais distingui a figura lânguida e loira (embora já não tão loira) de Silvestre Bettencourt.

O antigo senhor de engenho subiu a bordo à frente dos restantes cavalheiros. Ao ver-me teve um involuntário movimento de aversão. Julguei, como na minha primeira visita a Luanda, que reconhecera em mim a testemunha antiga dos seus crimes. Teria ficado feliz por isso. Mas não, creio que reconheceu apenas o padre traidor. Logo recuperou o sorriso. Cumprimentou-me com delicadeza. Cumprimentou Jol, Henderson e os oficiais que o rodeavam. Explicou que a comitiva falava em nome do governador de Luanda e de todos os honestos cidadãos do país. Vinham agradecer a cortesia do almirante Jol, por haver permitido o desembarque das senhoras. Vinham também avaliar as intenções do almirante, dado o desassossego que tantas peças voltadas contra a cidade estavam provocando entre os seus moradores. Lembrou, como já antes fizera Faísca, que aquela terra, bem como todo o reino, estava sujeita a El-Rei Dom João, o Quarto, e que o mesmo rei assinara um tratado de paz com os Países Baixos.

Jol não lhe respondeu logo. Mandou servir o vinho português que roubara a Alonso de la Mata. Brindou à derrota e ao desfalecimento de Espanha. Bebemos todos. Brindou à morte de Filipe, o Quarto – que fora o Terceiro de Portugal. Bebemos todos. Brindou à saúde de El-Rei Dom João, o Quarto. Bebemos todos. Brindou a um futuro próspero para Luanda e os seus habitantes. Bebemos todos. Brindou ao bem-estar dos presentes. Bebemos todos. Brindou à alegria. Bebemos todos. Brindou ao vinho e ao amor. Bebemos todos. Finalmente, quando já alguns de entre nós começavam a mostrar notória dificuldade em manter o prumo, Jol – sem que lhe tremesse a voz, nem de vergonha, nem em razão do álcool – reafirmou desconhecer qualquer contrato de paz firmado entre os Países Baixos e Portugal. Ainda que assim fosse não poderia saber, com absoluta certeza, se o governador, que até há pouco apoiara, de todo o coração, Filipe, o Quarto, o Terceiro de Portugal, apoiava agora, com aquele mesmo coração de traidor, o legítimo rei de Portugal. Finalmente, não estava ao serviço de nenhuma nação e sim de uma companhia, e essa companhia contratara-o para conquistar Luanda. Iria conquistar Luanda.

Foram-se os visitantes muito trôpegos e assustados. Momentos depois escutamos os aflitos sinos das igrejas tocando a rebate. Durante todo o dia acompanhei com os meus óculos de ver ao longe as longas filas de moradores abandonando a cidade. Vi os escravos transportando as suas senhoras em ricas liteiras. Vi-os carregando às costas enormes baús, espelhos, camas e cadeiras.

Jol pediu-me os óculos.

— Estão a fugir com a minha prata e o meu ouro — lamentou-se. — Estão a usar os meus escravos para roubarem o meu ouro.

Queria desembarcar os homens disponíveis e iniciar a peleja, tomar os fortes, conquistar a cidade. Henderson e os restantes oficiais dissuadiram-no. Para assegurar o bom êxito da operação parecia-lhes imperioso aguardar que toda a esquadra lançasse ferro diante da cidade.

Na manhã seguinte, muito cedo, começaram os flamengos a desembarcar naquele ponto da praia que nos mostrara Alonso de la Mata. Imagine-se a surpresa dos portugueses, que nunca haviam previsto tal, disparando contra os nossos soldados os seus impotentes canhões. O mais difícil foi galgar as barrocas, pois, conquanto se desenhasse através delas um estreito caminho, logo este se encheu de gente armada, alguns a cavalo, e todos fazendo grossa fuzilaria.

Henderson subiu à frente do primeiro grupo de flamengos. O desembarque de Simão Janduí e dos seus arqueiros e mosqueteiros, logo depois, abalou muito os portugueses, em particular a tropa preta do valoroso capitão-mor e tandala do reino, António Dias Musungo, os quais nunca antes haviam visto tal gente. Os tapuias disparavam as suas flechas e fuzis sem abrandarem a corrida, morro acima, em aterradora gritaria. Detinham-se, breves segundos, apenas para degolar os feridos.

Três a quatro horas após cair a noite já as nossas tropas se haviam apossado de todos os fortes e fortalezas. Ficamos a saber, interrogando um oficial ferido, que escapara de ser degolado pelos índios de

Simão Janduí, que o governador Pedro César de Menezes, ao qual os ambundos chamavam Camongoa, fugira com as suas últimas forças pelo caminho do Convento de São José.

A notícia deixou-me dividido: por um lado sentia-me exultante, pois fora um triunfo rápido, com escassos mortos e feridos de ambas as partes; por outro, não podia deixar de me sentir vexado, enquanto ouvia Jol e os restantes oficiais troçarem da facilidade com que os portugueses haviam retirado.

— Os portugueses fugiram tão depressa que não nos deram sequer a possibilidade de mostrar a nossa bravura. Com covardes assim ninguém consegue ser herói.

Jol só permitiu que eu desembarcasse, juntamente com Ingo (e o seu precioso baú), três dias após a vitória. Já não se escutavam tiros. Muitos escravos que haviam combatido ao lado dos portugueses abandonavam-nos no mato, largando as cargas, e voltavam para a cidade a oferecer-nos os seus serviços. Contratamos seis destes homens, os mais robustos, para transportar o baú de Ingo e o resto dos nossos pertences.

Tirando os escravos, a maioria dos quais deambulava sem rumo ou dormia estirada sobre a areia vermelha, a cidade estava quase deserta. Atravessamos as ruas-fantasmas como quem cruza um sonho. Lembro-me de ter entrado, meio pasmo, no antigo palacete do defunto Bernardo de Menezes, um dos homens mais ricos da cidade, antigo senhor do meu amigo Domingos Vaz. Lá estava a biblioteca de que o tandala tanto me falara, com todos os seus livros, centenas deles, alinhados nas estantes. Havia uma larga mesa, cortada e trabalhada em madeira de jacarandá. Encontrei, pousada sobre ela, como se tivesse sido abandonado há instantes, um livro aberto. Era a Bíblia Sagrada. Li: "Por ventura mudará o etíope a sua pele? Ou o leopardo as suas manchas? Assim vós podereis fazer o Bem, sendo ensinados a fazer o Mal".

Tirei das estantes, sem refletir, uma braçada de volumes e prossegui o meu caminho com eles. Ingo olhou-me espantado:

— O que fazes tu? Roubas?!

Detive-me, num sobressalto, sem saber o que retorquir. Com aquele meu gesto não pensara em roubar – mas em salvar. Dei meia-volta, na intenção de devolver os livros às estantes onde os encontrara. À frente do palacete de Bernardo de Menezes erguia-se um outro casarão que me surpreendera, ao passarmos por ele a primeira vez, porque era o único que não mostrava as portas escancaradas. Agora, sim, tinha-as abertas. Uma mulher de pé, à entrada, apoiava-se a um rapaz muito alto, muito esguio, muito calado, como um anjo num lamaçal. Olhavam ambos para mim – e o rapaz tinha os meus olhos.

— Muxima? — perguntei.

— Francisco?

Muxima, aliás, dona Inês de Mendonça, empurrou o rapaz na minha direção:

— É o teu pai — disse-lhe. — Cumprimenta-o.

CAPÍTULO NONO

Cumprindo o prometido no capítulo primeiro, narra-se neste o assombroso destino da escrava que serviu de assento à rainha Ginga. Mais se conta do imprevisto fim que teve o almirante Jol, por alcunha Pé-de-Pau. Por fim, dá--se testemunho da segunda entrada em Luanda da rainha Ginga, episódio ignorado pela maioria dos historiadores.

1

Ainda se recordam da escrava que serviu de assento à Ginga? Eu já não me lembrava dela. Quando a voltei a ver, sentada, sozinha, no grande salão do Palácio do Governador, não a reconheci. Engordara muito. Vestia uma blusa branca, rendada, e uma saia de igual cor, larga como um pedestal. Trazia ao pescoço labirínticos colares de prata e nos pulsos trabalhosas pulseiras do mesmo metal. As mãos, pousadas no regaço, luziam com a opulência dos anéis. Coroava-lhe a cabeça um soberbo turbante, também ele muito alvo, imaculado. A mulher era enorme. Contudo, dir-se-ia flutuar na luz de âmbar daquele entardecer de agosto – luz essa ainda mais leve depois de depurada pelas cortinas de linho – como um delicado milagre.

— Parece uma rainha! — murmurou Rafael, que entrara comigo.

A mim, pareceu-me uma acusação. Encontramo-la no dia seguinte à nossa chegada. Eu passara as últimas horas esforçando-me por recuperar os anos perdidos longe de Muxima e de Cristóvão. Com Muxima, que era já quase toda Inês – Inês de Mendonça! –, foi mais difícil do que com Cristóvão.

O rapaz acolheu-me como a terra seca acolhe a chuva. Tinha uma grande curiosidade. Quis saber o que eu fizera durante o tempo em que ele crescia, e como era o mundo para além de Luanda, e se havia sereias no mar. Contou-me, rindo, que os outros rapazes troçavam dele por ser filho de padre. Cantou para mim algumas modinhas populares em Luanda e eu cantei para ele outras de Pernambuco. Prometi que o levaria a conhecer a minha terra e ele dispôs-se a mostrar-me a cidade onde nascera.

Com Muxima, ora a sentia muito próxima, a mesma mulher simples e tímida por quem eu me apaixonara, ora a sentia bruscamente alheada. Era a Muxima da ilha da Quindonga enquanto conversávamos em quimbundo sobre o passado. Era Inês de Mendonça quando mudávamos para a língua portuguesa e ela me contava o que fizera, o muito que sofrera, para triunfar em Luanda.

Nga Mutúdi falecera anos antes, deixando-lhe a casa, a escravaria e todos os negócios. Não lhe fora fácil afirmar-se numa cidade na qual, para muitos, era ainda a estranha – a escrava. Tivera de se mostrar dura – tivera de se ver a si mesma como uma pessoa dura –, e isso, é claro, endurecera-a.

Muxima quis logo que entrássemos. Receber-nos-ia, a mim e aos meus amigos. Ingo e Rafael poderiam ficar o tempo que quisessem. Tivemos de explicar-lhe o que continha o enorme baú que o príncipe fazia transportar por quatro escravos, à nossa frente, com tamanho desvelo.

Muxima comoveu-se ao ouvir a história daquele amor errado. Tratou Anna com muita meiguice, como a uma irmã mais nova, lavando-lhe os pés, penteando-a, oferecendo-lhe os seus melhores panos e adereços.

Tendo deixado Anna aos cuidados de Muxima, corremos, eu e Ingo, ao palácio de Rodrigo de Araújo, para saber notícias de Quifungi. Encontramos, estirada à porta, uma velha muito velha. Disse-nos que os portugueses haviam levado a princesa, mas que ela estava bem.

— Espero que sim — suspirou Ingo. — É minha mãe.

A velha ajoelhou-se aos pés dele.

— Meu senhor, meu senhor, não vos reconheci!

Ingo ajudou a mulher a levantar-se. Ela disse chamar-se Iocana e ter servido a princesa durante longos anos. Quifungi deixara-lhe uma carta, para que a fizesse chegar à rainha. Foi buscar a carta.

Li-a para Ingo, esforçando-me para que não me tremesse a voz. A princesa dava conta, em rápidas palavras, do estado de ânimo dos portugueses. Não se entendiam entre eles. Uns pretendiam permanecer na cidade e combater. Outros, entre os quais alguns dos homens mais ricos, como Silvestre Bettencourt, prefeririam chegar a um acordo financeiro com os invasores. Vencera, afinal, a parte que sustentava o abandono temporário de Luanda, esperando que logo viesse auxílio do Brasil. Quifungi aconselhava a Ginga a perseguir e a degolar os portugueses até ao último deles. Ingo discordava – preferia colocar os portugueses numa nau e enviá-los sãos e salvos de regresso à pátria.

Três dias mais tarde despedi-me de Ingo e de Anna. O príncipe partiu à procura da rainha Ginga, para lhe dar conta da tomada de Luanda e da aliança com os flamengos. Acompanharam-no vinte homens fortes, oito dos quais fidalgos ambundos que haviam combatido ao lado da rainha e sido aprisionados e escravizados pelos portugueses.

Nessa mesma tarde fui passear pela cidade na companhia do meu filho e de Rafael. Cristóvão parecia conhecer cada edifício, cada esquina, cada um dos antigos moradores, tão bem quanto eu conhecia a velha Olinda.

Levou-nos ao Palácio do Governador, porque Rafael, que tendo ganhado caridosos dedos de cirurgião não perdera ainda as afiadas unhas de pirata, queria verificar se não restara por lá alguma da muita e boa prata que afirmavam existir em Angola.

Todas as portas estavam abertas. Havia roupa e móveis espalhados por entre os canteiros de flores. Cruzamos o jardim, entramos no edifício e demos com a mulher. Não se assustou ao ver-nos. Cristóvão, sim. Recuou dois passos, como se os olhos dela o pudessem ferir. A imensa senhora sorriu:

— Não se assuste, menino. Não faço mal. — Demorou em mim os seus olhos de domingo. — Vossa mercê é o padre. O padre de que os portugueses não gostam.

Quis saber o que fazia ela ali. Ergueu-se com esforço e eu vi que estivera todo aquele tempo sentada numa bela cadeira com três pés.

— Tomava a luz — disse. — Hoje em dia já só me alimento de luz.

Desapareceu em lentas passadas nos corredores escuros. Foi Cristóvão quem nos esclareceu:

— Dona Henda habita no Palácio. Vive aqui desde sempre. Quero dizer, ainda eu não era nascido. Contou-me a senhora minha mãe que Henda chegou a Luanda na embaixada da Ginga. A Ginga sentou-se nela, por não lhe terem dado melhor assento, e depois abandonou-a.

O governador João Correia de Sousa, não sabendo que destino lhe dar, deixou-a ficar no palácio, servindo na cozinha. Pedro Sousa Coelho, o governador seguinte, já a encontrou trabalhando como camareira. Dom Frei Simão Mascarenhas deu com ela orientando a escravaria nos salões. Sucedeu-lhe Fernão de Sousa, que a nomeou chefe da cozinha. Dom Manuel Pereira Coutinho, Francisco Vasconcelos da Cunha e, por fim, o fujão Pedro César de Menezes foram-lhe atribuindo cada vez mais responsabilidades, não se sabe ao certo se em razão da sua competência, se em razão do muito medo que lhe tinham.

Dizia-se dela que sabia reconhecer, no sussurro da brisa soprando sobre os palmares, no cantar de um pássaro ou na fugaz sombra do mesmo, a remota voz dos ancestrais. Talvez fosse capaz, como os quilambas, de conversar com as sereias. Em todo o caso podia prever com exatidão o dia em que uma mulher iria parir, ainda que a mesma não estivesse grávida, ou a noite em que uma brusca febre levaria um velho. Não aceitava consultas. Contudo, se lhe perguntavam pelo significado de um sonho cerrava os olhos, inclinava-se para trás e, após alguns instantes, dava o seu parecer. Uma parte da cidade procurava tais alvitres e guiava-se por eles, embora nem sempre fossem claros. A outra parte troçava da primeira em público. Em privado, todavia, também eles entregavam os seus sonhos ao juízo da escrava. Não estarei exagerando muito se disser que Henda governava a cidade.

2

Vivendo com Muxima, no casarão que pertencera a Nga Mutúdi, achei-me, sem me ter preparado para tal, um homem casado. Ninguém estranhou tanto quanto eu. A criadagem acomodou-se em poucos dias à nova situação. Logo perceberam que, conquanto tivesse passado a haver um homem na casa, dona Inês continuava a orientar as questões domésticas e todos os negócios. Muitos ignoravam-me. Outros tratavam-me como a um pequeno estorvo.

Muxima, contudo, parecia feliz por me ter ao lado dela. Quando lhe perguntei por que não fugira, acompanhando os restantes moradores, disse-me que, dias antes de surgirem no mar as primeiras naus holandesas, sonhara com um temporal. No seu sonho ela vira a chuva derrubar um alto morro de formigas. Dos restos desse morro brotara uma árvore gigantesca e forte, talvez uma mangueira, talvez um pau de mulemba. Foi ter com Henda e contou-lhe o sonho. A pitonisa cerrou as pálpebras, atirou a cabeça para trás e, finalmente, deu o seu parecer:

— Aquele que esperas está de volta — disse-lhe em quimbundo. — Prepara-te para o receber.

Assim, enquanto todos se organizavam para fugir, enchendo os baús com as pratas da casa, dona Inês de Mendonça mandava polir as mesmas, encerar as tábuas dos soalhos, lavar as cortinas, limpar o pó aos móveis, arejar colchões e almofadas. Aos que a censuravam por não se lhes juntar na fuga, recordava, encolhendo os ombros, não estar ela em guerra com ninguém. Tanto lhe dava que mandassem em Luanda os portugueses ou os flamengos, contanto que continuassem a comprar-lhe o marfim, os couros, a cera, os finos panos de ráfia, que trazia com esforço de tão longe, ou a fruta fresca, os doces, o hidromel, que as suas quitandeiras comerciavam pelas ruas. Não gostava de guerras, porque as guerras lhe prejudicavam o negócio, beneficiando apenas quem comprava e vendia escravos. Ela, como aliás a sua benfeitora, dona Marcelina Teixeira de Mendonça, a Nga Mutúdi, sempre se recusara a fazer o comércio de gente, apesar de ser esse o mais lucrativo negócio do país.

Para mim, que, tirando alguns livros, nunca tivera nada de meu, aquela nova vida parecia-me um somatório de faustos e excentricidades. Um primeiro escravo despertava-me de manhã, um segundo vestia-me, um terceiro calçava-me, um quarto dava-me de comer e de beber. Se saía à rua, vinha logo um quinto negro, solícito, a proteger-me dos raios de sol com uma larga sombrinha colorida. Descobri que até para defecarem os ricos e poderosos de Luanda recorrem ao auxílio de escravos. Isso, porém, nunca admiti. Tal renúncia, creio, salvou-me a vida. Foi o caso de ter ido eu, ao crepúsculo, refugiar-me no canto mais afastado do quintal, além das cabanas dos escravos, para satisfazer as necessidades do corpo. Acocorei-me atrás de uns capins, e ali estava, reduzido ao mínimo rumor da existência, quando escutei, a escassos passos, uma assustadora conversação. Dois homens discutiam em quimbundo a melhor maneira de se introduzirem em minha casa e me matarem. Eram, conforme logo entendi, espiões do capitão António Dias Musungo, e andavam há dias a vigiar a casa. Se eu tivesse ido até ali com alarde e ostentação, à frente de três escravos, dois para transportarem uma bacia com água morna e perfumada, e o terceiro levando uma toalha, os soldados do capitão ter-me-iam saído ao caminho e furado o ventre à facada. Ou teriam fugido, e regressado na noite seguinte, para me degolarem enquanto dormia. Assim, mantive-me alapardado, no mais cerrado silêncio, até que se foram. Só então me ergui, correndo para casa em alta gritaria e com as calças na mão.

A partir dessa noite contratamos um grupo de empacaceiros para que nos vigiassem a casa. Eram homens ferozes que, quando não se alugavam para as guerras do cuatacuata, nome que se dá em Angola às razias de escravos, andavam ocupados a caçar pacaças, crocodilos, leões, elefantes e cavalos-marinhos. Vestiam-se com as peles desses animais e cheiravam como eles, o que lhes era muito proveitoso durante as caçadas, pois as feras não os distinguiam pelo odor, ainda que avançassem para elas a favor do vento. Conseguiam dessa forma aproximar-se até uma distância muito curta e flechar de morte os animais.

O pivete que exalavam assustava os malfeitores tanto quanto a fama de homens cruéis e hábeis nas armas. Infelizmente, tal cheiro afastava também qualquer outro visitante, além de nos importunar a nós, dia e noite, que era como se vivêssemos cercados por leões.

Rafael instalou-se no palacete que pertencera a Bernardo de Menezes e que passara após a morte deste para o filho mais velho. Não permaneceu lá por muito tempo. Poucos meses depois chegaram da Holanda vários navios, trazendo um diretor da Companhia para governar a cidade, Pieter Mortamer, além de muitos outros fidalgos e gente prática na guerra. Rafael foi expulso e o palacete entregue a um dos mais importantes agentes da Companhia das Índias Ocidentais, Cornélio Ouman, que o pintou e embelezou, hasteando à porta a bandeira tricolor da empresa que representava. O meu amigo foi forçado a agasalhar-se numa pequena casa, junto à praia, na qual nenhum flamengo queria morar, quer por se achar em muito más condições, quer por se encontrar já um pouco distante da cidade.

Por essa altura chegou também um navio do Recife. Olivier van Aard ficou assim a saber do desaparecimento da esposa. Dizia-se que fora raptada por um francês muito rico, proprietário de vários navios, o qual a teria levado para Salvador. Olivier ficou prostrado com a notícia.

Lembro-me de o ter visto algumas vezes caminhando pela cidade, descomposto, falando sozinho.

Após algumas escaramuças nas florestas e matos próximos, e uma frustrada tentativa de diálogo entre portugueses e flamengos, sobreveio um breve período de bonança. Alguns moradores retornaram à cidade, preferindo a paz com os novos senhores a uma vida errante e árdua.

— A cada amanhecer, ao abrirmos os olhos, pensávamos que podia ser o último — disse-me uma bodegueira, mulher alta, de rijas carnes, que era por todos conhecida apenas pela alcunha de Lambona. — Não há futuro vivendo no mato, com medo das feras e dos jagas, com medo das febres e dos flamengos, com medo de tudo. Aqui estou bem. Agora só receio que cheguem de novo os portugueses e me cortem o pescoço. Enquanto não chegam vou vendendo o meu vinho e bailando e cantando para espantar o Mal.

Rafael ia muito à bodega da Lambona. Acompanhei-o algumas vezes. Ali se juntavam flamengos, ingleses, franceses, portugueses, os diversos filhos e filhas do país, embriagando-se juntos, sem distinção nem de nações, nem de credos, nem de ideias e fazendo uns bailes escandalosos, muito acesos e descuidados.

Disse-me a Lambona que no tempo dos portugueses teria sido severamente castigada se organizasse tais bailes. Conhecera ela uma outra bodegueira a quem o governador português mandara cortar as orelhas e açoitar em praça pública, apenas porque se atrevera a juntar no seu estabelecimento negros e negras e porque estas bailassem à moda da terra, mostrando os peitos e as pernas.

Foi também naquele estabelecimento que vi Jol pela última vez, dançando com a Lambona. Rodopiava com tanta graça e tanta presteza que ninguém diria ter uma única perna, mas seis ou oito, à maneira de um aranhiço saltitante. Dias depois Jol partiu para conquistar São Tomé. Mais uma vez a sorte das armas foi-lhe favorável, embora com algum custo, pois logo nas primeiras trocas de tiros incendiou-se a nau *Enkhuizen*, morrendo muita gente pelo fogo. Finalmente foi possível desembarcar os soldados. Os portugueses resistiram alguns dias, fechados no maior dos fortes, até que os piratas o atacaram com balas de morteiro, provocando grande número de mortos e feridos. O governador rendeu-se, ele e mais oitenta soldados, brancos, negros e mulatos. Nos dias seguintes os portugueses abandonaram a ilha, de regresso à pátria.

Os holandeses não tiveram tempo para festejar. A ilha matou-os. Sim, a ilha – não os homens.

Foram morrendo, primeiro um, a seguir outro, depois muitos ao mesmo tempo. Jol via-os abraçados aos coqueiros, em animadas palestras com os cocos. Via-os estendidos no clarão das praias, tremendo de frio enquanto o sol lhes torrava a pele. Certa manhã o próprio pirata despertou com febre, com rápidos tremores, e também ele correu ao longo dos brancos areais, julgando que o perseguiam as almas de todos aqueles que matara ou que mandara matar – e talvez perseguissem. Os dois últimos piratas velaram o chefe. Enterraram-no ao meio-dia, ali, onde a linha do Equador divide o mundo. Repararam, com horror, que nenhum corpo projetava sombra. Buscaram por elas, pelas próprias sombras, atrás das pedras, atrás dos grossos troncos das árvores centenárias, escavaram a terra num desespero de viúvas, mas nunca as encontraram.

Muitos anos mais tarde um velho marinheiro ofereceu-me o diário de Jol. Disse-me que o comprara em São Tomé a um padre negro. A prosa do pirata é árida, desastrada, e, muitas vezes, lhe falham a gramática e a ortografia. A última frase, porém, espanta pela lucidez: "Conquistei o Paraíso, mas mordeu-me a serpente".

Uma tarde conversei sobre esta tragédia, e sobre outras idênticas, com João Maurício de Nassau. Disse-me então:

— Talvez tenhamos nos enganado ao pensar que a Natureza não seria mais madrasta para nós, os brancos, os ocidentais, do que para os portugueses e os levantinos. A verdade é que os portugueses sempre foram mais africanos do que europeus.

3

A segunda entrada da Ginga em Luanda, desta vez como cabeça coroada e guerreira temida, e não apenas enquanto embaixadora de um vago rei, não me surpreendeu – aguardava-a. Três dias antes recebera em casa a visita de um velho conhecido, Cacusso, o qual vinha acompanhado de outros cinco fidalgos e de muita escravaria. O tempo não o castigara. Tinha a pele do rosto lustrosa e esticada e só no cabelo se distinguiam alguns fios brancos. Pareceu-me até mais elegante, mais sólido, muito seguro no falar. Ingo encontrara a rainha e esta vinha a caminho para palestrar com os flamengos. Levei-o à presença de Pieter Mortamer, o qual lhe fez muitas honras, ordenando o envio de um grupo de cavaleiros ao encontro da quibuca real.

Encontrava-me em casa, conversando e rindo, na alegre companhia de Cristóvão e Rafael, quando escutamos, ao longe, o surdo bater dos tambores. Saímos para a rua. À medida que subíamos, na direção do Convento de São José, ia-se-nos juntando gente, entre escravos e serviçais, soldados e marinheiros, brancos, negros e mulatos, portugueses e flamengos, sendo que estes últimos eram os que se mostravam mais excitados. Caía a noite. O ritmado estrondo dos ngomas e atabaques empurrava os corpos para a dança. Já os escravos saltavam, eufóricos, quando vi surgir a luz dos primeiros archotes e, logo depois, a grande liteira onde seguia a Ginga, em talha dourada, coberta por uma cortina de veludo verde que a protegia dos olhares curiosos.

As mulheres da Ginga seguiam atrás, dançando, já sem muito fôlego, para folgança da turba. Vi, escondido entre elas (eles), o meu amigo Samba N'Zila, trajando um pano de um azul vibrante, um alto turbante cobrindo-lhe a trabalhosa quindumba, colares de prata ao pescoço e guizos nos calcanhares. Baixou os olhos ao dar com os meus, não sei se numa saudação muda, se em razão da muita vergonha de se dar a ver como mulher numa festa pública.

A quibuca da Ginga seguiu a sua festiva marcha até ao Palácio do Governador, escoltada por uma dezena de cavaleiros flamengos, com os seus trajes de gala, enquanto estalavam foguetes, e os navios, ao largo, faziam soar os seus poderosos canhões. Acompanhei o cortejo, no meio da multidão, que a essa altura já dançava em conjunto com a gente da rainha. Vi dois fidalgos flamengos competindo, em desajeitados saltos, com as mulheres da Ginga.

Cristóvão, ao meu lado, ria como um louco. Puxou por mim, forçando-me a dançar, o que fiz com agrado, embora consciente do peso dos meus pés. Estávamos naquela folia quando vi um homem pular de uma das tipoias e avançar gritando na minha direção. Era Ingo. Abracei-o e seguimos juntos, trocando notícias, o resto do percurso.

Anna parira um menino, forte, saudável, ao qual haviam dado o nome de Francisco em minha homenagem. A jovem flamenga parecia adaptada à vida no quilombo. Aprendia a falar quimbundo enquanto ensinava as mucamas da rainha a cantar em flamengo.

Cipriano ainda vivia, e, embora muito velho, cada vez mais trôpego, insistia em frequentar os campos de batalha. Ajudara a derrotar a rainha da Matamba, Mulundo Acambolo, que era agora escrava da Ginga.

A Ginga tornara-se, pois, rainha do Dongo e da Matamba.

— E Caza Cangola? — perguntei, estranhando não o ver na comitiva.

A rainha renegara-o. Aliara-se a um outro soba jaga, ainda mais poderoso do que Caza, e este afastara-se, desgostoso. Fora para muito longe, para Sul, lá onde a terra seca, perdendo o verde e o vigor, e os horizontes são tão largos que o mundo parece um prato.

Os portugueses, com o governador adiante, haviam fugido para Massangano, ali se mantendo entrincheirados. Estavam enfraquecidos, mas ainda podiam regressar em triunfo. Ingo era de opinião que se devia atacar o forte, aproveitando as armas dos flamengos, aprisionar os portugueses e expulsá-los para Portugal ou para o Brasil.

A Ginga desceu do seu palanquim trazendo na mão um cachimbo com um longuíssimo e elegante bucal. Pieter Mortamer veio recebê-la à porta e levou-a para dentro. Despedi-me do meu filho e de Rafael e entrei na companhia de Ingo. Ao ver-nos, a rainha teve um gesto de vivo contentamento. Lancei-me aos seus pés, como é regra entre os ambundos diante de um soba ou de outro alto dignitário, com a diferença de que arrojam areia ou cinza sobre a própria cabeça, e eu não tinha ali nem areia nem cinza e ainda que tivesse não o faria. Nunca o fiz. A Ginga tocou com a mão esquerda no meu rosto, fazendo sinal para que me levantasse. Alegrava-se por me ver vivo e, assegurou sorrindo, ainda com o mesmo semblante de menino. Agradeci a caridosa mentira. Estranhou por não me ver de batina.

— Já não sou padre — retorqui.

Olhou-me chocada, ou talvez estivesse apenas falseando o espanto:

— Não julguei que fosse possível deixar de ser padre. Julguei que os padres fossem padres em razão da sua natureza, assim como os quimbandas são quimbandas, porque não poderiam ser senão isso. Os peixes nadam nas águas, não voam nos céus.

Ia explicar-lhe que fora excomungado, e que o Santo Ofício me fizera queimar numa fogueira, em Lisboa, mas, felizmente, Ingo interrompeu-me. O governador aguardava que a rainha se sentasse para lhe fazer as honras. Instalada a rainha no seu vasto trono, Pieter Mortamer cumprimentou-a e eu fui traduzindo. A Companhia das Índias Ocidentais, que ele representava, e os Estados Gerais dos Países Baixos recebiam em Luanda, com grande alegria, a rainha do Dongo e da Matamba. Mandou entregar à soberana os presentes que haviam trazido de Amsterdã. Quatro escravos vieram do interior do palácio, transportando uma liteira, ainda maior, ainda mais adornada, ainda mais refulgente do que aquela que a Ginga deixara à porta. Outros dois desenrolaram um longo manto tingido de púrpura. Expliquei à rainha o valor da oferta. A cor púrpura provém de uma mucosidade segregada por um gênero de moluscos comuns no Mediterrâneo. Nove mil moluscos produzem um grama de corante, menos do que o necessário para tingir um lenço. Um manto real, como aquele, exigia a recolha de três milhões de moluscos. Os tecidos, de lã ou seda, são mergulhados no muco dos moluscos e postos depois a secar ao sol. Então mudam de cor, primeiro para verde, depois para vermelho e finalmente para púrpura. A púrpura, ao contrário das restantes cores, mantém-se estável à luz, nunca desbota. A púrpura é eterna. Ao oferecer-lhe aquele manto os flamengos esperavam que a protegesse da corrupção do tempo e que o seu reinado durasse para sempre. A oferta comoveu a rainha. Ordenou aos seus escravos que depositassem aos pés do governador oito compridos dentes de elefante. Terminada a troca de presentes foi decidido deixar a maca – ou seja, as conversações – para o dia seguinte. Nessa noite a rainha dormiu no palácio, com todas as suas mulheres, que eram em número de quinze, além das mucamas e damas de companhia.

A maca decorreu num grande salão do antigo colégio dos jesuítas, onde Pieter Mortamer se instalara. Nos primeiros minutos senti alguma dificuldade em transpor para o flamengo o rápido quimbundo da rainha, primeiro porque há muito não falava as línguas de Angola, e depois porque a Ginga, de tão animada, não me deixava tempo para refletir. Ela parecia ter remoçado, não de corpo, pois estava igual, talvez um pouco mais seca, mas de espírito. Retorquia às dúvidas dos mafulos com tiradas vivas, precisas, deixando todos assombrados.

A rainha fincara quilombo nas Sengas de Cavanga, região de muita abundância de água, cercada por bosques sempre verdes e onde nunca escasseava a caça. Era voz corrente que se alguém adormecesse à noite estendido sobre a terra acordaria na manhã seguinte com a pele verde e o capim crescendo-lhe do peito. Ao mudar-se para ali, porém, a rainha entrara em conflito com o soba da região, Quitexi Candambi, que não aceitou reconhecê-la como sua senhora.

A Ginga gostaria que, em sinal de amizade, e como primeiro passo para uma autêntica confederação entre as duas nações, os flamengos enviassem soldados seus para combater o soba Quitexi Candambi.

Pieter Mortamer anuiu. Enviariam cem mosqueteiros, às ordens de um capitão experiente, Olivier van Aard, e se mais fossem necessários mais enviariam.

Ingo lançou-me um olhar aflito – que só eu percebi.

A rainha passou a tratar então do inimigo principal. Ela entendia, apoiada por todos os seus macotas, que chegara a hora de dar o golpe final ao que restava em Angola das forças portuguesas.

Mortamer não me pareceu tão seguro. Precisava de mais tempo para reunir tropas, argumentou. Essas tropas deveriam chegar em breve do Recife e da Holanda. Fiquei com a impressão de que hesitava, não tanto por lhe faltarem os meios, mas sobretudo por não saber se podia avançar contra os portugueses, os quais tinha por inimigos, ali, em África, mas que na Europa haviam voltado a ser aliados dos flamengos. Pode ser também que hesitasse por duvidar da lealdade de muitos dos seus soldados, que não eram flamengos de nação, e sim mercenários franceses e ingleses, muitos deles católicos. Soldados pagos, já se sabe, apenas são leais ao dinheiro, e aqueles, nos últimos meses, vinham protestando e ameaçando com motins porque a Companhia estava atrasada na entrega dos respetivos soldos.

A rainha partiu uma semana mais tarde, acompanhada dos cem soldados flamengos. Marchando à frente deles ia o infeliz Olivier van Aard.

CAPÍTULO DÉCIMO

Um brutal ataque. O quimbanda Hongolo, de que se falou num capítulo atrás, afamado adivinho e encantador de leões, regressa a este testemunho ainda com mais poder. Aqui se dão conta de importantes vitórias e derrotas e das súbitas reviravoltas do destino. O fim, ou quiçá não. O cético acha que se o final é feliz, talvez ainda não seja o final. O que tem fé sabe que não existe final – tudo são começos.

1

Nascemos, crescemos, fazemo-nos adultos e depois velhos.
Não habitamos ao longo da vida um único corpo, e sim inúmeros, um diverso a cada instante. A essa corrente de corpos que uns aos outros se sucedem, e aos quais correspondem também diferentes pensamentos, diferentes maneiras de ser e de estar, poderíamos chamar universo – mas insistimos em chamar indivíduo. Grosso erro. Atente-se no meu caso, que fui em jovem padre e devoto e me acho hoje, à beira da morte, não só afastado de Cristo, mas de qualquer Deus, pois todas as religiões me parecem igualmente danosas, culpadas do muito ódio e das muitas guerras em que a humanidade se destrói. O que é que o jovem padre que desembarcou em África, pela primeira vez, há oitenta anos, diria ao velho, imensamente velho, que eu sou (ou estou) hoje – enquanto escrevo estas linhas? Creio que não se reconheceria em mim.

A mulher que eu conhecera na ilha da Quindonga, com o nome de Muxima, era leve como um pássaro e lisa como um peixe. Achei-a, nessa altura, livre de todo o Mal. Não via atuar nela nem a serpente da inveja, nem o dragão da cobiça, tampouco o petulante pavão da vaidade. Era simples como a água – bela por ser tão simples.

Dona Inês de Mendonça, pelo contrário, impunha a sua presença. Ocupava todo o ar. O peso dos seus passos anunciava-a ao longe.

Vestia com luxo e ostentação. Nunca saía sem o brilho de muita prata. Raramente gritava, mas punha tanta autoridade na voz que era como se o fizesse mesmo sussurrando. Embora fosse sempre doce comigo e com Cristóvão, enchendo-nos de mimos e gentilezas, mostrava-se muitas vezes rude com os escravos e a criadagem. Pouco a pouco foi-se aprofundando entre nós uma distância amarga, que a magoava mais a ela do que a mim. Muxima tentava agradar-me. Eu tentava não me desagradar com ela. Contudo, já a sua voz me arranhava os nervos, já o seu cheiro me nauseava. À noite ouvia-a chorar, estendida ao meu lado, e não conseguia reunir coragem para a abraçar.

Decorreram meses. Os portugueses, vendo que os flamengos não iam a picá-los, tampouco a rainha Ginga ou outros sobas, atreveram-se a abandonar as muralhas de Massangano. Vários regressaram às fazendas e arimos que possuíam entre o Bengo e o Golungo, chão muito verde e muito fértil, no qual toda a semente vinga. Enterrando naquela boa terra os cornos de uma vaca é certo e sabido que cinco dias depois nasce um bezerro. Enterrando uma lança e um escudo nasce um guerreiro.

O próprio governador fujão correu a instalar-se na Barra do Bengo, numa casa de pau a pique, com telhado de palha, porém ampla e muito aprazível. Alguns comerciantes flamengos começaram a ir até ali, para trocar tecidos, queijos e manteiga por joias, prata lavrada e um ou outro escravo. Rafael, que pouco ganhava no seu ofício de cirurgião-barbeiro, iniciou-se também nestas excursões. Regressava sempre muito satisfeito – e um pouco mais rico.

— Há por ali muito metal precioso — disse-me um dia, e eu vi luzir-lhe os adormecidos olhos de pirata. — Dizem que os portugueses desenterraram toda a prata da Igreja Matriz. Haviam-na escondido após a tomada da cidade, e têm-na agora no Bengo, à espera de a embarcarem para Portugal ou para o Brasil. Imaginas quanto poderá valer?

Eu não imaginava, nunca fui de calcular fortunas. A julgar pelo brilho nos olhos dele devia valer muito. Não me admirei quando, dias depois, um grupo de capitães a cavalo, com outros oficiais e muita infantaria atrás, saltaram sobre os portugueses. Os infelizes não tiveram nem tempo de carregar os mosquetes. Às trombetas de guerra dos holandeses sucederam para eles, numa mesma sinfonia, as trombetas dos anjos – supondo que existam anjos no Céu e trombetas afeitas aos seus duros lábios.

O governador fujão surgiu meio nu, em alta gritaria, de dentro de uma das casas, e se um dos capitães – que com ele andara trocando queijos por pratas – o não tivesse reconhecido também teria morrido ali, como muitos outros portugueses, com a garganta cortada. Assim, trouxeram-no para Luanda, juntamente com a muita prata roubada, exibindo-o pelas ruas da cidade numa jaula de caniço. A turba, que é cruel e estúpida, correu a vê-lo, troçando dele, atirando-lhe amendoins e bananas, como se fosse um macaco.

Fui visitá-lo, alguns dias mais tarde, para saber se o poderia ajudar. Estava ele prisioneiro num pequeno quarto do seu antigo palácio, tendo por única companhia um pajem chamado Manuel Faia. Recebeu-me choroso, muito revoltado com a traição dos flamengos, aos quais chamava cães, e jurando vingança. Sorri. Como poderia ele vingar-se, estando preso ali, isolado de todos, com a sua gente dispersa pelos matos, à mercê das feras e das febres, já para não falar nos jagas, nos soldados da Ginga e em tantos outros inimigos? Estava eu sentado num banco baixo e o governador à minha frente, no estreito catre em que dormia. Debruçou-se para mim, de forma que nem o jovem Manuel o conseguisse ouvir.

— Padre — disse sem maldade, não sabendo o quanto me incomodava que ainda me tratassem assim. — Padre, vossa mercê viveu no quilombo da Ginga. Vossa mercê conhece com certeza o grande poder de alguns quimbandas.

Falou-me num, a quem chamavam Hongolo, que teria sido aprisionado aquando da tomada da ilha da Quindonga e vivia desde então num grande terreiro, perto da Lagoa dos Elefantes, a escassas milhas da cidade. Eu lembrava-me de Hongolo. Era um sacerdote do sacrifício, desses que se fazem passar por mulheres, amando outros homens como se fossem fêmeas, e que gozam de grandíssimo prestígio entre os ambundos. Fora meu amigo. Havíamos conversado certa noite sob a fúria das estrelas, enquanto a guerra se movia à nossa volta.

Hongolo dominava a ciência de encantar leões e outras feras, fazendo com que estas atacassem os homens. O governador pensara no velho feiticeiro mal vira as naus holandesas aproximando-se da ilha. Sabia, vendo-as avançar, que não possuía meios para lhes fazer frente. Reunido com os notáveis da cidade sugerira que contratassem os serviços do mago, ou de outros como ele. Abandonariam Luanda e, mal os flamengos ali se instalassem, os quimbandas trariam os leões para que devorassem os invasores. O plano não foi adiante porque o bispo se lhe opôs, aos gritos, insinuando que o Diabo se instalara na garganta do governador e falava através dele.

— Estou a contar tais sucessos a vossa mercê porque sei que também teve os seus problemas com a Santa Madre Igreja — disse isso ao meu ouvido e depois suspirou, ganhando coragem. — Talvez vossa mercê possa passar um destes dias lá pela Lagoa dos Elefantes. Se encontrar esse Hongolo diga-lhe que traga os leões até Luanda, que os traga bem esfomeados para que engulam todos os flamengos, diga-lhe que se ele fizer isso os portugueses o recompensarão. Poderá pedir o que quiser.

Ouvi-o, incrédulo. Não soube o que retorquir. Ao sair do quarto, à porta do qual se erguiam, atentos e de lança na mão, dois índios de Simão Janduí, tropecei com a vasta sombra de Henda. A pitonisa trazia comida e bebida para o governador. Assegurou-me, num quimbundo ríspido, que os mafulos seriam em breve expulsos de Luanda. Encolhi os ombros:

— É possível. A roda do mundo não para nunca.

2

Fui procurar Hongolo, não para lhe transmitir o recado do governador, e sim pela vontade e curiosidade que tinha em o rever. Encontrei-o a confeccionar um mufete. Não mostrou surpresa com a minha chegada. Sentei-me numa esteira, enquanto o mago assava os cacussos. Repartimos entre os dois a pasta de mandioca a que os ambundos chamam funge. Os portugueses trouxeram a mandioca para África e ela é hoje o pão de quase todos os seus naturais. Contudo, não a preparam como os índios. Inventaram novos modos e com isso a fizeram coisa tão sua que é como se sempre ali tivesse existido.

Hongolo ficou feliz por me ouvir falar em quimbundo. Alegrava-o a minha visita.

— Os padres não gostam de mim, por que vieste?

— Já não sou padre. A Igreja expulsou-me...

— Não te martirizes com isso. Os brancos têm boas obras, mas a Igreja não é uma delas. Por que é que os padres insistem em nos importunar com o seu Deus e o seu Diabo?

— Eles acham que têm o dever de salvar os africanos...

O sol brilhava sobre a prata lisa da lagoa. Ficamos um tempo em silêncio, partilhando a perfeição da tarde. Finalmente Hongolo falou:

— Conheces a história do macaco e do peixe?

Eu não conhecia. Então o quimbanda pôs-se a contar: andava um macaco passeando pela floresta. Movia-se aos saltos pelas árvores, quando topou com uma lagoa como esta e olhando-a, entre o encanto e o susto, porque todos os macacos receiam a água, viu um peixe movendo-se em meio ao lodo espesso, junto à margem. "Que horror!", pensou o macaco, "aquele pequeno animal sem braços nem pernas caiu à água e está a afogar-se." O macaco, que era um bom macaco, ficou numa grande angústia. Queria saltar e salvar o animalzinho, mas o terror impedia-o. Por fim, encheu-se de coragem, mergulhou, agarrou o peixe e atirou-o para a margem. Conseguiu içar-se para terra firme e ficou ali, alegre, vendo o peixe aos saltos. "Fiz uma boa ação", pensou o macaco, "vejam como está feliz!"

Ri-me. Rimo-nos os dois.

— O que eu mais receio — continuou o quimbanda depois que paramos de rir — é que os próprios peixes comecem a acreditar nos macacos.

3

Certa tarde recebemos a notícia de que três navios vindos do Brasil haviam ancorado na baía do Quicombo, trezentas milhas a sul de Luanda, num local muito aprazível. As naus desembarcaram ali três centenas de homens, entre os quais muitos soldados pretos de Henrique Dias.

O pombeiro que nos trouxe a notícia jurou ter visto o próprio Henrique Dias pisar terra à frente dos seus soldados. Tal certeza deixou os flamengos muito inquietos. Contudo, foi desmentida, apenas quatro meses depois, por um segundo pombeiro. Ficamos então a saber que as tropas enviadas do Brasil haviam sofrido um terrível desaire. Foram todos mortos pelos jagas, com exceção de quatro deles, os quais a Ginga aprisionara e fizera seus vassalos.

Soubemos também que os portugueses haviam sofrido uma pesada derrota em Ambaca, numa batalha na qual participara a própria Ginga. Sobreviveram apenas três homens brancos, entre os quais um padre, e quatro soldados pardos. Todos os outros foram mortos em combate ou degolados a seguir no campo de batalha.

Foi mais ou menos por esta altura que o governador fugiu, após embebedar os índios que o vigiavam. Muitos estranharam a fuga. Murmurava-se que fora combinada e preparada com os flamengos, por interessar a estes ter em Massangano alguém com quem pudessem negociar. Nunca acreditei em tal aleivosia. Ainda recordo bem a conversa com Pedro César de Menezes, ou Camongoa, e me parece muito autêntico o ódio que este mostrava pelos invasores. O que fiz, portanto, foi chamar mais empacaceiros para protegerem a nossa casa, receoso de que uma vez em liberdade o governador conseguisse contratar os serviços de Hongolo, ou de outros magos como ele, e os leões assaltassem a cidade.

O pombeiro que trouxe a notícia das sucessivas derrotas dos portugueses entregou-me, em privado, uma carta de Ingo. O meu amigo pedia-me que fosse ter com ele, acompanhando o pombeiro no seu trajeto de regresso. Dizia-me que estavam pensando em assaltar Massangano, com ou sem o apoio dos flamengos, e que me queria ao lado dele para negociar a rendição dos portugueses e evitar assim um banho de sangue. A carta fora escrita por um padre que a Ginga raptara – ou resgatara, não compreendi bem – e que lhe servia agora de secretário: Calisto Zelote dos Reis Magos.

Pareceu-me um bom pretexto para abandonar Luanda. Precisava de respirar sem culpa. Ali sufocava, sentindo-me traidor a Muxima por não a amar como ela me amava a mim e não ser já capaz de lhe retribuir os afagos e as gentilezas.

Muxima ficou triste. Consolei-a assegurando que depressa estaria de regresso e com boas notícias. A saída dos portugueses de Angola ajudaria a levar a paz a todos os sertões. Ela poderia então alargar os seus negócios, prosperando e assegurando um futuro melhor para o nosso filho. Também Cristóvão se mostrou desolado. Queria vir comigo. Não permiti, dizendo-lhe que o deixava em Luanda a guardar a mãe e a casa da família.

Rafael insistiu em acompanhar-me. Por um lado morria de tédio, na cidade, sem ter com quem pelejar. Por outro, entusiasmava-o a possibilidade do saque. "Crês que têm por lá ouro e prata?", perguntou-me.

Pieter Mortamer, que estava muito interessado em conhecer a real situação dos portugueses em Massangano, apoiou a minha decisão. A Companhia das Índias Ocidentais gostaria de expulsar os portugueses de Angola antes que os grandes jogos da política os forçassem a um acordo de paz efetivo. Ordenou a Simão Janduí que me acompanhasse, à frente de cinquenta dos seus índios. Levamos ainda muitos escravos para transportar a bagagem, incluindo diversas mulheres com quem, entretanto, os índios se haviam amancebado. À bagagem, como seja a comida, os instrumentos de cozinha, a pólvora e outro material de guerra, chamam os ambundos quicumba. A alimentação das tropas tem sido desde sempre um desafio difícil para os exércitos em movimento nos sertões de Angola. Algumas das derrotas dos portugueses deveram--se à perda das quicumbas – deixadas para trás, atacadas e pilhadas.

A estação das chuvas terminara havia pouco. A luz refulgia nas lâminas perfumadas do capim. As grandes árvores estalavam, carregadas de frutos e de pássaros. Os índios mostraram-se muito curiosos ao darem com um imbondeiro, cujo enorme tronco se destacava ao longe, como a alta e larga proa de uma nau erguendo-se num mar muito verde. Um dos escravos, a quem chamavam Colombolo (Galo), por estar sempre arrastando a asa às escravas mais bonitas, escalou o imbondeiro com uma vasilha e trouxe-a carregada de água.

Estas árvores são muito utilizadas como cisternas, pois podem armazenar entre o oco dos seus colossais troncos muitos galões de líquido. Rafael seguiu o exemplo do escravo e desapareceu entre a folhagem, no interior da árvore. Segui-o eu também, embora com grande esforço, pois nunca tive talento para aquele exercício – nem, verdade seja dita, para qualquer outro exercício físico. A minha especialidade foram sempre os exercícios espirituais.

Rafael despira a roupa e mergulhara. Encontrei-o a flutuar de costas numa água cor de cobre, que um fio de luz atravessava. Havia mais paz ali dentro – mais paz e mais formosura – do que em qualquer catedral. Veio-me naquele instante uma grande clareza de espírito, e eu vi estenderem-se diante de mim todos os mortos futuros das guerras de Angola.

— Isso não está certo! — murmurei.

Rafael despertou do seu sonho. Ergueu os olhos:

— O que não está certo?

— Isso de os homens se andarem matando uns aos outros por um punhado de prata, ou para melhor poderem escravizar e vender outros homens. Toda a ganância desmedida, a infinda roda de violências e atrocidades. A felicidade é tão simples, não vês?! Um pouco de água, outro tanto de luz. Diz-me se há ouro que pague um milagre como este...

Rafael alçou-se para os ramos secos com um vigor de menino. Voltou a vestir-se.

— Padre, padre...

— Não sou padre!

— Serás sempre padre. Um bom padre, que os há tão poucos. A ganância é que move o mundo. Sem essa ganância que tanto te aflige, o homem não seria mais do que estes pobres pássaros. — Disse isso apontando para duas pombas verdes que ali se entretinham, num ramo próximo, bicando-se com carinho. — A ganância arrancou o homem da selva e há de levar-nos às estrelas.

— Quando estivermos nas estrelas teremos saudades da selva.

— Acredito que sim — resignou-se o antigo pirata. — Entretanto vou recolhendo a prata que puder.

Ao fim de três dias de marcha cruzamos o Dande, com grandes trabalhos, pois a corrente era forte e o rio mal dava pé. Eu fui numa rede, carregado por quatro escravos, que a todo o momento escorregavam, de tal forma que cheguei à margem tão molhado quanto eles. Os brancos de Angola, tal como os do Brasil, acreditam que os banhos nos rios ou no mar são causa de graves males. Não posso confirmar tal ideia pois muitas vezes mergulhei nesses rios e nunca adoeci por o ter feito. Muito se molham os negros e acho-os a todos menos atreitos a moléstias do que os brancos, os quais por qualquer pequena frivolidade – uma aragem, um golpe de sol – depressa adoecem e morrem. Deixei que me levassem na rede, como a um peixe, não por receio de que o contato com a água me deixasse indisposto, apenas por medo de ser arrastado por ela. Nado mal e sempre tive fraca figura.

Se a corrente me levasse acabaria ferido, ou mesmo morto, atirado de encontro a alguma rocha.

Uma vez do outro lado escalamos um outeiro, inteiramente coberto por um palhagal muito alto, até que, por fim, exaustos, avistamos o quilombo da Ginga. Logo vimos chegar um pombeiro em rápida corrida, a informar-se de quem éramos e quais as nossas intenções. Entardecia quando Ingo veio ao nosso encontro. Surpreendi-me ao reconhecer, poucos passos atrás dele, a bela barba negra, tão brilhante que parecia ter sido encerada, de Olivier van Aard.

— É um grande guerreiro — disse-me nessa noite Ingo, quando consegui tempo para me sentar e conversar com ele, e lhe perguntei como resolvera as coisas com o flamengo.

— Olivier portou-se como um leão, lá, na guerra contra Quitexi Candambi, e depois em Ambaca. É por isso que agora lhe chamam N'Zagi, o Trovão.

— Sim — insisti. — Mas o que quero saber é como reagiu ele ao saber que lhe roubaste a mulher.

— Nós temos as nossas leis. Fiz o que as nossas leis mandam e Olivier aceitou.

Entre os jagas, cujas leis a Ginga adotara, a tradição estipula que quem roubar a mulher de outro o indenize. Ingo entregou a Olivier um certo número de escravos e bois, além de quatro grandes dentes de elefante, e com isso tudo ficou em paz.

Anna tivera mais um filho, uma menina, e estava de novo prenhe, quase a parir. No quilombo da Ginga, que, como já expliquei, adotara os usos e costumes dos jagas, as mulheres não podiam ficar com os filhos recém-nascidos. Contudo, a rainha permitia a algumas fidalgas que o fizessem, e incluíra Anna entre elas. Achei-a alegre e despreocupada, ainda que o ventre, de tão dilatado, lhe tolhesse os movimentos.

Perguntei por Cipriano. Ingo disse-me que o português partira, meses antes, com a promessa de trazer muitas armas de fogo. Já devia ter regressado. Acrescentou uma série de más notícias: haviam ancorado mais três navios portugueses em Quicombo, trazendo muita tropa e um novo governador. Esses reforços tinham conseguido chegar a Massangano. Agora, num ato que tanto podia ser considerado de grande bravura ou de puro desespero, uma coluna militar deixara o forte e avançava contra nós.

— Estamos preparados para os enfrentar?

— Não sei. Queríamos atacá-los em Massangano, com o apoio dos mafulos. Estávamos reunindo as tropas, firmando alianças com outros sobas. Agora vêm eles ao nosso encontro. São atrevidos, estes portugueses. Não contávamos com isso.

— Não seria melhor recuar?

— A Ginga não quer fugir. Entende que se recuarmos mostraremos fraqueza. Fizemos muitos inimigos nos últimos anos. Se nos mostrarmos frouxos hoje tê-los-emos amanhã, a todos eles, em cima de nós. Conheces a história do leão diante do qual os bichos da selva se dobravam, enquanto era forte e saudável? Um dia envelheceu, ficou fraco, e, então, esses mesmos bichos que antes vinham prestar-lhe vassalagem, arrojando-se na poeira do chão, apareciam agora para lhe arrancar à dentada um pedaço de carne.

Eu sabia que Ingo estava ao lado da rainha, não apenas por acreditar que aquele era o tempo dos fortes, mas também porque não queria deixar Anna para trás. Fui falar com a Ginga. Achei-a trajada como um dos seus capitães, com todas as divisas e aparato e as cores que os jagas usam quando vão combater. Ao seu lado achava-se um padre negro, um homem minúsculo, mas muito empertigado, que ela me apresentou como sendo o seu novo secretário, Calisto Zelote dos Reis Magos.

A Ginga quis saber a minha opinião. Disse-lhe que abominava toda a guerra, por me parecer um insulto à inteligência, e que, portanto, não lhe podia dar conselho algum. Apenas gostaria de saber o que tencionava ela fazer, caso vencesse os portugueses. Sossegaria, ou procuraria alargar ainda mais o seu já vasto reino?

Foi então que a Ginga pronunciou a frase, hoje famosa: "Quanto maior um rei, menor lhe parece o mundo".

4

Os portugueses chegaram ao crepúsculo, três dias mais tarde. Vi com os meus óculos o capim alto ondulando como se uma grande cobra o atravessasse e depois, erguendo-se acima do capim, as bandeiras azuis, as bandeiras vermelhas, as bandeiras douradas, nas quais se demorava a última luz do dia. Acenderam-se fogueiras. O ressoar dos atabaques não deixou ninguém dormir. Aos ngomas dos nossos jagas respondiam, em cólera e em festa, pois creio que para eles nem há distinção entre uma coisa e outra, os ngomas dos jagas que se haviam aliado aos portugueses. Ingo ordenou-me que ficasse junto a Anna e às restantes mulheres, no alto de um outeiro, protegidos atrás de umas grandes pedras negras. Amanheceu.

A rainha aguardava o assalto dos portugueses, a uns quinhentos metros de onde eu me escondia. Estava sentada à sombra de um vasto chapéu-de-sol – de um vermelho vivo – e trazia sobre os ombros a capa púrpura que os flamengos lhe haviam oferecido. Ali, naquele breve instante, enquanto o sol recuperava o fôlego, parecia imune a tudo, inclusive ao próprio tempo. Ingo estava em pé ao lado esquerdo dela. Ao lado direito erguia-se a bela figura de Ginga Amona, um homem ainda jovem, mas já de lendária bravura, responsável pelas principais vitórias da Ginga. Olivier e os seus flamengos, cerca de setenta, pois todos os outros haviam morrido, entretanto, ou de feridas ou de febres, postavam-se um pouco atrás, em leque, com as espingardas prontas a disparar. Também Simão Janduí e os seus índios exibiam armas de fogo. Como creio já ter dito antes, mostravam tanta destreza a manejá--las quanto aos arcos e flechas, ou ainda aos poderosos porretes com que a todos aterrorizavam. Começavam por disparar os mosquetes. Passavam depois a lançar flechas. Por fim, puxavam dos porretes e lançavam-se em grande alarido num violento combate corpo a corpo.

Os portugueses espraiavam-se por um morro fronteiro ao nosso. O capim alto e o mato espesso não permitiam abarcar todas as companhias e batalhões do inimigo, com as tropas brancas, os empacaceiros, a guerra preta, os jagas do feroz Fungi Amusungo e ainda os muitos guerreiros do soba Dom Filipe, ao qual os portugueses haviam nomeado rei do Dongo.

Ginga Amona avançou à frente dos seus homens. Um jovem tambor marchava ao seu lado, erguendo bem alto, com assombrosa coragem, a bandeira do capitão-geral. Vendo-o avançar assim, como se as balas e as setas não fossem senão abelhas zumbindo, ou rolas cegas voando sem acerto, todo o exército dos portugueses vacilou, arrastando consigo, como uma maré que recua, os escravos que transportavam a quicumba.

Vi Dom Filipe, sentado numa cadeira de espaldar alto, soprar uma comprida trombeta de corno com a qual comandava os seus guerreiros. Estes cruzaram o capinzal, rodeando o outeiro em que nos encontrávamos e, irrompendo atrás dos flamengos, lançaram sobre eles, com mortal mestria, uma cerrada chuva de flechas e azagaias.

Olivier, percebendo o perigo, tentou reposicionar os seus soldados, mas já muitos deles caíam, com os corpos crivados de setas. Àquela distância as espingardas revelavam-se mais um estorvo do que uma vantagem. Enquanto as limpavam e carregavam, já os arqueiros inimigos haviam lançado pelo menos cinco setas e outras tantas lanças.

Olivier deitou fora a espingarda e carregou, encosta abaixo, de espada na mão.

Uma bala derrubou o tambor que, ao lado de Ginga Amona, erguia a bandeira. Ferido no peito com o mesmo tiro que matara o rapaz, o capitão deteve-se, o rosto torcido de espanto e de mágoa. Logo se atirou de novo para diante, gritando, esforçando-se por devolver o ânimo aos seus guerreiros. Aquela única bala, porém, parecia ter invertido o curso dos combates. O nosso exército, que até esse instante se mostrara tão sólido, desfez-se num ápice, como uma nuvem de tempestade desmanchada por um súbito golpe de vento.

Uma seta atravessou o ombro esquerdo de Olivier. Ingo correu a ajudá-lo. Travou um dos guerreiros de Dom Filipe, cortando-lhe de um só golpe a mão que erguia o machado. Com nova espadeirada prostrou um segundo atacante. Estes, porém, chegavam aos magotes. Os dois homens combatiam apoiados nas costas um do outro, um protegendo o outro, de espada na mão. É a última imagem que guardo deles.

Os nossos fugiam, atropelando-se, tentando escapar pelas pontes que os portugueses haviam lançado sobre o rio.

Uma das pontes cedeu ao peso de tanta gente. A água arrastou os corpos.

Ainda consegui ver a rainha, sendo levada na sua liteira dourada, em grande velocidade, quase como se voasse, pelos melhores corredores. Os portugueses avançaram sobre o outeiro. Adiante seguiam os jagas, capitaneados por Fungi Amusungo, degolando os feridos, entoando em uníssono os seus terríveis cantos de guerra. Atrás de mim, no oco formado pelas pedras, crescia o triste choro das mulheres e das crianças.

Nada me envergonha tanto quanto aquela segunda fuga. Bem sei, ter-me-iam cortado o pescoço. A minha morte não salvaria ninguém. Não melhoraria a existência de ninguém. Não obstante, de cada vez que me lembro da tarde em que fugi, puxado por Rafael, volto a sentir no rosto o feroz calor da vergonha.

Os portugueses pouparam a vida de Anna. Estranharam muito encontrar naquele fim de mundo uma flamenga prenha, que logo pariu, tendo dado à luz uma menina. Levados mais pela curiosidade do que pela bondade ou cortesia, arrastaram-na até Massangano e ali a exibiram ao novo governador e a todo o povo. "Vejam", diziam, "os nossos amigos da Companhia das Índias Ocidentais queriam tanto agradar à Ginga que até fidalgas flamengas lhe mandavam, para animar a sua corte e ostentar diante dos restantes sobas grandeza e força."

Anna aceitou receber o batismo cristão, aceitou batizar os filhos, e com isso a deixaram em paz. Veio a casar com um rico morador de Massangano, um homem honesto, já de idade avançada, que sempre a tratou bem. Sei disto tudo porque, há alguns anos, recebi na minha casa a visita de Francisco, o filho varão de Ingo e Anna. Era um homem alto e espadaúdo, como o pai, e com aquele mesmo encanto natural que o meu amigo possuía. Disse-me que a mãe lhe falara muito em mim. Ele vivia em Luanda. As irmãs continuavam em Massangano, casadas, e com filhos e netos.

Francisco fora a Portugal em negócios. Ocupava-se não só com a compra e venda de escravos, como quase todos os ricos senhores de Luanda, mas também no comércio de cera e marfim. Uma vez em Lisboa decidira que era a altura certa para conhecer o país da senhora sua mãe, falecida vinte anos antes, e embarcara para Amsterdã. Não lhe foi difícil lidar comigo. Sou uma figura bastante conhecida na cidade.

Penso muito no ingrato dia em que Ingo morreu.

Lembro-me de ver o soba Caculo Ca Caenda, um dos principais aliados da rainha, homem largo como um boi, incapaz de suportar o próprio peso, sentado na sua cadeira, enquanto um qualquer alarve português, troçando dele, lhe arrancava da cabeça aquela curiosa espécie de chapéu de palha, ou barrete, que é apanágio dos fidalgos mais poderosos e respeitados entre os ambundos. Lembro-me de ver vários soldados brancos carregando nos braços as ricas sedas e fazendas que andavam saqueando da banza da rainha. Vi depois, junto ao rio, os numerosos corpos sem cabeça dos guerreiros de Ginga Amona. Vi um dos índios de Simão Janduí com o tronco todo espetado de flechas, de tal forma que se assemelhava ao próprio São Sebastião em pleno martírio. Como o santo, também aquele índio não parecia disposto a morrer das flechadas e continuava a combater, de porrete na mão, o rosto erguido contra o sol, desferindo grandes golpes a quem dele se aproximasse.

A nós – a mim e a Rafael –, valeu-nos a ajuda de um antigo escravo, aquele mesmo Messias, torto de um olho, enamorado de uma certa Maria Parda, de que vos falei atrás. Foi este homem, já de muita idade, mas ainda ágil, quem nos conduziu através do mato, por caminhos que nem os bichos talvez conhecessem, com tal arte e tal manha que conseguimos iludir todos os nossos perseguidores. Na manhã do terceiro dia após a batalha despertamos estendidos numa macia cama de musgo. Passeei os olhos ao redor. Para além do pequeno bosque onde nos abrigáramos estendia-se uma imensa planície. Era possível adivinhar a presença de água pela coloração do capim, ainda verde nos vales ou nas margens dos ribeiros, mas já dourado no cume dos morros.

Tive a certeza nesse momento de que os portugueses voltariam a Luanda. Dois dias mais tarde, de regresso a casa, disse a Muxima que deveríamos preparar-nos para a derrota dos flamengos.

— O que queres que façamos? — perguntou-me.

Disse-lhe que não nos restava senão fugir. Gostaria de regressar a Olinda, gostaria que ela e Cristóvão viessem comigo, mas também não acreditava que os flamengos se mantivessem por muito mais tempo em Pernambuco.

— Temos de ir para um lugar a salvo dos portugueses — insisti. — Talvez Amsterdã, talvez Nova Amsterdã, na América do Norte.

— Não! Podes pedir-me tudo, mas não isso. Não sairei de Luanda.

— Senhora, se me encontram aqui matam-me...

— Conheço esta cidade, marido. Aqui se esquecem facilmente os crimes de todos aqueles que têm dinheiro para comprar o esquecimento. Mais facilmente esquecerão quem, como tu, nunca maltratou ninguém.

— E a Igreja?

— Igreja?! Nesta cidade eu posso mais que o bispo!

Percebi que não conseguiria demovê-la. Pedi uma audiência a Pieter Mortamer, para lhe dar testemunho do que se passara e obter novidades, mas nunca me respondeu. Entretanto continuavam a chegar a Luanda sobreviventes da batalha. Um dos índios de Simão Janduí, chamado Ezequiel, contou-me que o seu capitão sobrevivera, embora muito ferido, e fora levado para Massangano. Também Mocambo voltara a ser presa. Ezequiel jurou tê-la visto caminhando através de uma fila de soldados brancos, tão altiva e com tanta graça e autoridade que muitos dos brutos se iam ajoelhando à passagem dela.

Semanas depois recebemos a triste notícia da morte de Quifungi. Os portugueses interceptaram uma carta da princesa para a irmã, na qual Quifungi, como fizera tantas vezes, dava conta do estado de ânimo dos seus captores e dos planos bélicos que maquinavam. O governador, irritado, mandou colocá-la num batel, nua e amarrada pelos pés a uma pesada âncora. Lançaram o batel para o meio da corrente e afundaram-no a tiros de canhão. Este bruto espetáculo foi testemunhado por toda a população da cidade, além de muito gentio das redondezas.

Simão Janduí sofreu morte ainda mais terrível. Primeiro jogaram-no a um poço, preso por cadeias de ferro nos pés e nas mãos, e ali o deixaram durante dias, esperando que a fome o levasse a renegar a sua fé. Quando o tiraram de lá vinha muito magro, amarelo, com os pulsos e os calcanhares em carne viva. Perguntou-lhe um padre se após tantos dias de jejum e reflexão se achava preparado para abjurar de todas as heresias e abraçar a verdadeira Igreja de Jesus Cristo. O índio rodou o lume dos olhos pela multidão que ocorrera para o ver denunciar a Igreja Reformada Holandesa. Que não!, gritou de cabeça bem erguida. Um pobre homem tão indigno quanto ele, que tivera a alta mercê de conhecer a Deus, o único, o que se não ocultava atrás de ídolos, não poderia nunca renegá-Lo.

O governador ordenou que o prendessem muito bem preso à boca de um canhão. Não me surpreendeu saber que um dos moradores se oferecera para disparar a peça e que esse homem atroz dava pelo nome de Silvestre Bettencourt.

5

Uma tarde em que lia para Cristóvão alguns desconjuntados versos que eu próprio compusera, interrompeu-nos, muito inquieto, um daqueles empacaceiros que colocáramos de guarda na casa. Um velho, disse-me ele, insistia em ver-me. Não lhe parecia, porém, que eu tivesse algo em comum com tal personagem. Desci. Encontrei Hongolo, o mago, sentado à soleira da porta, cercado pelo grave silêncio dos guardas restantes e, contudo, alheado deles, afagando as longas e desarrumadas tranças. Ergueu-se, ao ver-me. Bateu levemente as palmas junto ao peito, como uma saudação.

— Os portugueses estão chegando — disse-me. — Eu vi-os.

Não os vira na vera consistência das coisas, pois ainda seguiam nas suas naus, cavalgando as ondas. Vira-os em sonhos, naquela espécie de sonhos, quase reais, a que os quimbandas chamam xinguilamentos, e nos quais podem voar junto às grandes aves nos céus mais altos, ou correr com os leões através dos desmedidos sertões. Vira-os – aos portugueses – investir contra Luanda e tomar a cidade.

— O que vai ser de mim? — perguntei-lhe. — O que será de mim e do meu filho?

— Não sei — confessou Hongolo. — Isso terás de descobrir sozinho.

Dois ou três meses depois Rafael despertou-me, agitadíssimo, trazendo-me a notícia de que uma esquadra portuguesa assomara do lado de lá da ilha. Subi com ele o Morro de São Paulo, até à fortaleza, furando por entre uma ruidosa desorientação de tropas e curiosos. Vimos, pairando na fina névoa da manhã, onze sólidos galeões, dois deles trazendo pintadas em todas as velas uma larga Cruz de Cristo.

Já passava do meio-dia quando o maior dos galeões lançou um batel ao mar. O batel foi-se aproximando serenamente da Praia do Bispo. Dois soldados seguiam à popa, erguendo bem alto uma larga bandeira branca. Um oficial flamengo, vendo-nos entre a turba, correu a chamar-nos. Conduziu-nos depois ao interior da fortaleza. Cornélio Ouman palestrava com alguns oficiais. Pareceu-me muito nervoso. Os seus principais capitães estavam ausentes nos sertões, ao lado dos jagas da rainha Ginga, preparando uma ofensiva contra Massangano. Faltavam armas para proteger Luanda. Ao dar por nós calou-se, como que envergonhado.

Pediu que aguardássemos ali até chegarem os mensageiros que vinham no batel, pois precisava de um bom intérprete. Logo entraram os portugueses, em número de seis, os quais haviam subido da praia protegidos por uma escolta de cavaleiros flamengos. O que parecia ser o capitão avançou decidido na direção de Cornélio. Era um homem magro e baixo, porém de ombros direitos, muito senhor de si. Disse chamar-se Leão da Ponte. Falava em nome do almirante Salvador Correia de Sá e Benevides. Estavam ali para recuperar o que os flamengos haviam roubado a Portugal. Ao escutarem o nome do almirante, e antes mesmo que eu tivesse traduzido fosse o que fosse, os oficiais flamengos trocaram entre si rápidos comentários cheios de terror.

Salvador Correia de Sá e Benevides era o homem mais rico do Rio de Janeiro, cidade de que fora governador por duas vezes. Além dos muitos negócios que geria, das imensas propriedades no Brasil, em Espanha e no Peru, gozava da fama de militar corajoso e estratego competente. Estava habituado à brutalidade das guerras, pois desde os dez anos que começara a combater, primeiro contra os índios e depois contra os flamengos.

Cornélio Ouman pediu trinta dias para refletir e responder. O que ele queria, como logo compreendi, era ter tempo para chamar a Luanda os seus soldados, principais capitães e os belicosos jagas da rainha Ginga. O português, que deve ter compreendido o mesmo, abanou a cabeça, negando. Sorriu mordaz:

— Tem três dias!

Dobrou-se numa rápida vênia, voltou costas e foi-se embora. O pequeno grupo desceu para a praia, protegido pelos mesmos cavaleiros que os haviam trazido, enquanto a multidão se apertava em redor deles. Uns insultavam-nos. Outros davam vivas a Portugal.

Os oficiais flamengos não conseguiam disfarçar o pânico. Conheciam bem a reputação do almirante, a sua lendária riqueza, o espírito feroz e tenaz com que se entregava a todas as batalhas. Se o próprio Salvador Correia de Sá e Benevides decidira chamar sobre si a responsabilidade de tão arriscada missão é porque trazia consigo um vastíssimo poder.

Nos dias seguintes fechei-me em casa a ler e a conversar com Muxima e Cristóvão. Sentia-me muito calmo. Abracei e consolei a minha mulher. Houve momentos em que a voltei a ver como ela fora (como, talvez, ela nunca tivesse deixado de ser) e a beijei de novo como então a beijava.

Mantive esse estranho sossego enquanto a artilharia ladrava lá fora. Volta e meia Rafael entrava, cada vez mais agitado, trazendo novas dos combates. Os portugueses estavam desembarcando a meia légua da cidade, muito perto da casa dele. Os portugueses haviam capturado o Fortim de Santo Antônio e disparavam dele contra a fortaleza. Veio a noite e os canhões repousaram. Sentei-me na grande mesa da cozinha a conversar com Rafael e Cristóvão. Perguntei ao antigo pirata o que tencionava fazer.

— Vou ficar — disse-me. — Talvez aqui não se lembrem de que sou judeu.

— Talvez. Eles precisam de ti. Um cirurgião-barbeiro faz sempre falta num lugar como este.

— E tu, o que vais fazer?

Mostrei-lhe o pedaço de pão com queijo que estava comendo:

— Desejo apenas terminar de comer este pedaço pão. É um bom pão. Sabe-me bem.

Cristóvão ergueu-se da mesa e abraçou-me. Crescera muito nos últimos meses. Fizera-se um esplêndido homem, três palmos mais alto do que eu e rijo e pujante como um touro.

— Eu e o senhor meu pai vamos para Amsterdã — disse, muito sério. — Vamos abrir uma tenda de livros em Amsterdã. Vamos imprimir livros belíssimos, vamos vender livros e enriquecer.

Olhei-o, espantado e comovido. Cristóvão oferecia-me um futuro, um harmonioso destino, a mim, que não mostrava outra ambição senão a de estar ali comendo, bebendo e conversando – como se me despedisse da vida. Tantas vezes são, afinal, os filhos quem cria os pais.

Ao amanhecer voltamos a escutar a artilharia, os gritos, os tambores e as buzinas – a que se seguiu um vertiginoso silêncio. Rafael saiu em busca de notícias. Voltou, ao meio-dia, dizendo que os flamengos se haviam rendido. Ele próprio servira de intérprete. Os portugueses comprometiam-se a deixar partir livremente, com todos os seus bens, os que desejassem fazê-lo e a não molestar quem, pelo contrário, preferisse ficar. Se eu queria ir-me embora deveria preparar a minha bagagem. Teria de embarcar nessa mesma tarde.

Fui falar com Muxima. Encontrei-a no nosso quarto abraçada a Cristóvão.

— Levas-me o nosso filho — disse-me. — Levas-me a vida.

Nessa tarde nos juntamos, eu e Cristóvão, à longa fila de soldados e moradores, quase todos flamengos, que abandonavam Luanda. Levamos seis escravos, além dos quatro dentes de elefante que a Ginga me oferecera aquando do resgate de Mocambo. Descemos até àquela mesma praia por onde havíamos entrado, sete anos antes, na esperança de ocupar todo o país. Ao chegar à areia, os flamengos depositaram as armas. Só então me dei conta de que havia muitíssimos mais soldados entregando as armas (mil e duzentos) do que a recebê-las. Os portugueses não seriam nem quinhentos, a maioria feridos, exaustos e esfomeados. Soube depois, no galeão que nos transportou à Holanda, que Salvador Correia de Sá e Benevides perdeu no assalto à fortaleza cento e sessenta e três soldados. Os flamengos perderam apenas três.

O bravo almirante não tomou Luanda graças ao seu talento enquanto estrategista. Tomou-a por acreditar que o faria e porque o muito esplendor de que gozava ofuscou o inimigo.

Epílogo

Dona Ana de Sousa, a rainha Ginga, morreu em 17 de dezembro de 1663, aos oitenta anos, em paz com os portugueses e com a Igreja Católica Romana.

Não voltei a ver Cipriano, *o Mouro*. Chegou-me, contudo, uma carta dele, entregue por um jovem de muito boa aparência. Este jovem, o qual se apresentou como sendo um dos seus muitos netos, disse-me que o avô regressara a Argel, para o seio da família, sendo figura muito respeitada e admirada em toda a cidade. Na carta, Cipriano lamentava não ter chegado a tempo de participar na batalha das Sengas de Cavanga, com as armas que fora comprar e que poderiam (embora eu não creia em tal) ter mudado o curso da História. Tratava-me por irmão e afirmava estar sempre comigo: "Assim como as águas de um rio não desaparecem depois que passam por nós, apenas se movem para um outro lugar, assim também os dias não se esgotam nunca – apenas vão para um outro lugar. Continuo a conversar contigo nas horas eternas em que conversamos, e essas são as horas boas da minha vida".

O jovem entregou-me uns óculos para ver de perto, que o próprio Cipriano fabricara e que são os mesmos que estou usando agora, enquanto concluo este testemunho.

Cristóvão casou com uma judia portuguesa chamada Sara. Tiveram quatro filhos, um menino e três meninas. O menino, Domingos, ou

Ingo, é hoje mestre impressor. Trabalha na tenda de livros que fundamos em Amsterdã, eu e Cristóvão, no mesmo ano em que aqui chegamos. Não enriquecemos – nisso o meu filho não acertou –, mas temos composto livros belíssimos.

Lisboa, 2 de abril de 2014

Alguma Bibliografia e Agradecimentos

Para escrever este romance recorri a um considerável número de obras, entre trabalhos acadêmicos, textos de divulgação histórica e testemunhos da época. Não posso deixar de referir os três volumes d'*A História Geral das Guerras Angolanas*, de António de Oliveira Cadornega, que já me acompanham há tantos anos e tão úteis me têm sido. Não posso também deixar de mencionar o capuchinho italiano Giovanni Cavazzi da Montecuccolo e a sua *Istorica Descrizione de' Tre Regni Congo, Matamba ed Angola* e ainda o curioso testemunho do viajante inglês Andrew Battel, o qual terá vivido alguns meses entre os guerreiros jagas: *The Strange Adventures of Andrew Battel of Leigh in Angola and Adjoining Regions*.

Destaque ainda para a *Memorável Relação da Perda da Nau Conceição*, de João Carvalho Mascarenhas; *O Valeroso Lucideno*, de Frei Manoel Calado, e a *História dos Feitos Recentemente Praticados Durante Oito Anos no Brasil*, do holandês Gaspar Barleus.

Os castigos aos escravos descritos no Capítulo Quinto foram, com poucas alterações, roubados à realidade. São apenas alguns exemplos, nem sequer os mais terríveis, retirados de uma denúncia ao Santo Ofício contra Garcia d'Ávila Pereira Aragão, um rico senhor de engenho do Recôncavo Baiano, mencionados num texto do historiador Luís Mott. Vários amigos me ajudaram a rever este livro: Harrie Lemmens,

Mia Couto, Patrícia Reis, Tatiana Salem Levy, Marília Gabriela e Vanessa Riambau Pinheiro. Agradeço a paciência e as sugestões de todos. Agradeço ainda ao meu editor, Francisco José Viegas, e à minha agente, Nicole Witt.

LEIA TAMBÉM

Em *Teoria geral do esquecimento* – obra-prima do angolano José Eduardo Agualusa e agora publicada pelo selo Tusquets –, um mergulho profundo na alma humana, quando as memórias florescem mesmo na terra árida do esquecimento. Agualusa tece magistralmente a trama repleta de conexões, revelando a poesia que se esconde na solidão e nos encontros e desencontros da vida.

O romance recebeu o prestigioso prêmio literário Fernando Namora em 2013, foi finalista do Man Booker International em 2016 e venceu o International Dublin Literary Award em 2017.

Durante um período turbulento da história de Angola, a portuguesa Ludovica Fernandes Mano ergue uma barreira entre seu apartamento e o mundo. Na companhia de seu cão Fantasma e em meio a sombras de outros tempos, Ludo e sua trajetória se apresentam ao leitor rodeadas por outras narrativas aparentemente desconexas, que logo se materializam em personagens diversos, habitantes de um país entre a guerra e a reconstrução.

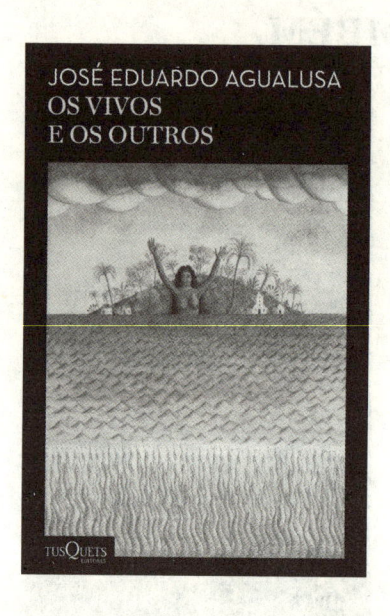

Um festival literário na Ilha de Moçambique reúne três dezenas de escritores africanos que, na sequência de uma violentíssima tempestade no continente (e de um evento muito mais trágico, que só no fim se revela), permanecem totalmente isolados, sem ligação com o resto do planeta, durante sete dias.

Uma série de estranhos e misteriosos acontecimentos, colocando em causa a fronteira entre realidade e ficção, entre passado e futuro, entre a vida e a morte, inquietam os escritores e a população local: alguns dos personagens dos livros daqueles escritores parecem ter tomado vida, passeando agora pelas ruas da cidade histórica.

Os vivos e os outros é um romance sobre a natureza da vida e do tempo, e o extraordinário poder da imaginação e da palavra, que tudo criam e tudo regeneram.

O jornalista Daniel Benchimol sonha com pessoas que não conhece. Moira Fernandes, artista plástica moçambicana radicada na Cidade do Cabo, encena e fotografa os próprios sonhos. Hélio de Castro, neurocientista brasileiro, desenvolveu uma máquina capaz de filmar os sonhos de outras pessoas. Hossi Kaley, hoteleiro, com um passado obscuro e violento, tem com os sonhos uma relação muito diversa e ainda mais misteriosa: ele pode caminhar pelos sonhos alheios, ainda que não tenha consciência disso.

O onírico e seus mistérios acabam por unir estes quatro personagens numa dramática sucessão de acontecimentos, desafiando e questionando a sociedade e suas regras, além da própria natureza do real, da vida e da morte.

A sociedade dos sonhadores involuntários é uma fábula política, satírica e divertida que defende a reabilitação do sonho enquanto instrumento da consciência e da transformação.

Editora Planeta Brasil | 20 ANOS
Acreditamos nos livros

Este livro foi composto em Utopia Std
e impresso pela Gráfica Santa Marta para a
Editora Planeta do Brasil em janeiro de 2024.